T0279176

UN HOGAR DE VERDAD

UN HOGAR DE VERDAD

Nina LaCour

Traducción de Xavier Beltrán

Argentina – Chile – Colombia – España
Estados Unidos – México – Perú – Uruguay

Título original: *Watch Over Me*
Editor original: Dutton Books for Young Readers
Traductor: Xavier Beltrán

1.ª edición: noviembre 2022

Plaza de los Reyes Magos, 8, piso 1.º C y D – 28007 Madrid
www.mundopuck.com

ISBN: 978-84-17854-68-3
E-ISBN: 978-84-19251-33-6
Depósito legal: B-17.049-2022

Fotocomposición: Ediciones Urano, S.A.U.

Impreso por: Rodesa, S.A. – Polígono Industrial San Miguel
Parcelas E7-E8 – 31132 Villatuerta (Navarra)

Impreso en España – *Printed in Spain*

Para Kristyn

de haber dicho la verdad

La mañana de mi entrevista, no me levanté hasta las ocho, bajé las escaleras hasta la cocina y me serví lo que quedaba del café. Me quedé junto a la encimera, mirando por la ventana mientras sorbía el líquido, y acto seguido me arremangué y abrí el grifo para lavar los platos del desayuno que Amy y Jonathan habían dejado amontonados en el fregadero.

Al cabo de unos pocos días, los abandonaría.

Amy había traído una cuna y la había metido en el garaje. Unos cuantos días más tarde, volvió a casa con una bolsa de una juguetería. Un conejo de peluche asomaba la cabeza. Me preguntó qué tal me había ido el examen final de Literatura y le dije que había escrito un par de relatos breves acerca del colapso de los valores tradicionales y me respondió que sonaba genial. Y luego se llevó la bolsa al dormitorio como si no fuera nada.

Solo estaba siendo amable conmigo. Ya lo sabía. No me habían pedido que me quedara con ellos.

El fregadero estaba vacío. Lo froté con el estropajo hasta dejarlo blanco reluciente y, a continuación, cerré el grifo. Intenté respirar. Intenté no desear aquello con tanta fuerza.

En ese momento, me sonó el teléfono móvil.

—¿Estás preparada? —me preguntó Karen. Llevaba cuatro años siendo mi asistente social y, aunque detecté que estaba conduciendo, seguramente vertiéndose café en la blusa y echando un vistazo a los correos mientras hablaba conmigo, tranquilizó mi acelerado corazón.

—Creo que sí —contesté.

—Recuerda que han leído tu carta. Les he contado muchas cosas sobre ti. Han hablado con todas tus referencias. Se trata del último paso. Y tienes que estar segura de que lo quieres.

—Sí que lo quiero.

—Ya lo sé, cariño. Yo también lo quiero para ti. Llámame en cuanto haya acabado.

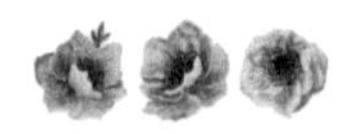

El hombre llamó a la puerta a las diez y media, justo cuando dijo que llegaría.

—¿Mila? —preguntó cuando abrí la puerta. Me tendió la mano—. Soy Nick Bancroft. Qué alegría me da conocerte por fin.

Lo conduje hasta la cocina, donde una mesa redonda se alzaba junto a una ventana bajo la luz del sol y junto a unas sillas que estaban lo bastante cerca como para mantener una conversación amistosa, pero lo suficientemente lejos para dos desconocidos.

—¿Cómo estás? —se interesó cuando nos sentamos.

—Bueno, los exámenes finales ya han terminado, así que bien —dije.

—Sí, enhorabuena. Tu expediente académico es impecable. ¿Has pensado en ir a la universidad?

—Quizá vaya algún día. —Me encogí de hombros.

Asintió, pero percibí que sentía lástima por mí. Mis ojos volaron hacia la ventana. No sabía cómo hablar de mi vida con alguien que lo comprendía. Apreté un puño en mi regazo y me obligué a no echarme a llorar. Estaba preparada para demostrar mi ética profesional, para hablar de las horas que había sido voluntaria en la biblioteca y para asegurarle que no me daban miedo ni los desastres ni la suciedad ni los niños que tenían pataletas, pero no estaba preparada para aquello.

—Bueno, deja que te cuente un poco sobre Terry, Julia y el caserío —dijo apiadándose de mí—. Me adoptaron cuando yo tenía tres años, por lo que ha sido mi hogar durante casi toda mi vida. Hace bastante tiempo que no vivo en su casa, pero los ayudo a llevar la contabilidad y hago todas las entrevistas. —Noté que mi puño se desapretaba y me relajé en la silla y lo escuché referirse a todo lo que yo ya sabía después de hablar con Karen y leer un artículo del *San Francisco Chronicle* de hace quince años con el título: «Una pareja de Mendocino adopta al cuadragésimo niño de acogida». Me habló de la granja y de cómo todo el mundo echaba una mano, desde los niños hasta los internos, y de cómo yo sería una interna y me pasaría los días de la semana haciendo de profesora y los domingos me levantaría a las cinco para encargarme del puesto en el mercado de granjeros. Me contó que durante las vacaciones todos los niños, ya adultos, regresaban de visita—. Acaba convirtiéndose en tu hogar si se lo permites —dijo—. Incluso para los internos. Sé que quizá cuesta creerlo, pero es verdad.

—¿Cuándo lo sabré?

—¡Ah! —exclamó—. Pensaba que lo sabías. Ya te han seleccionado. El puesto es tuyo si lo quieres.

—Gracias —dije mientras me llevaba las manos a la cara. Y luego no pude decir nada más. Él asintió, de nuevo con mirada compasiva, y siguió hablando.

—Pasarás la mayor parte de las horas en la escuela. Han diseñado un currículo y tu trabajo consistirá en aprenderlo y enseñar a los niños entre seis y nueve años. Creo que ahora solo hay uno, pero pronto llegarán más. Y Terry y Julia estarán ahí para ayudarte.

—¿Te apetece un poco de té? —le solté. Había querido ofrecérselo cuando llegara, pero me había puesto demasiado nerviosa. Ahora que sabía que me habían seleccionado, deseaba que se quedara y que me lo contase todo. Quizá así podría guardarlo en mi interior como un ser vivo durante los días que transcurrieran entre aquel y el de mi llegada al caserío.

—Sí, gracias —respondió. Puse agua a hervir y dejé varias cajitas delante de él. Escogió té de menta, y, al verter el agua hirviendo sobre las hojas, aspiré el aroma, y fue como si ya estuviera empezando de cero—. Quiero asegurarme de que entiendes de qué va la cosa —añadió Nick—. Unas cuantas personas lo han rechazado. Y algunas no sabían dónde se metían y no ha salido bien. Es necesario que desees ir allí. Es una granja. Está en el medio de la nada; a un lado está el océano y, en las demás direcciones, no hay más que colinas rocosas y campos. Casi siempre hay niebla y hace frío, no hay cobertura ni un pueblo donde comprar o conocer gente. Mendocino está a cuarenta y cinco minutos de allí. Los días de mercado serán las únicas veces que interactuarás con el mundo exterior; te pasarás casi todo el tiempo pesando calabacines y envolviendo flores.

—No pasa nada —tercié—. No me importa.

Me advirtió que las chozas donde vivían los internos eran diminutas, una única habitación con estufas de leña como calefacción. Me dijo que tenían teléfono fijo pero no cobertura, y que todos comían juntos tres veces al día y se turnaban con las preparaciones y con la limpieza.

—La casa principal es cómoda y siempre serás bienvenida allí. Hay un montón de libros y un puñado de instrumentos. Incluso tienen un gran piano en el salón de estar.

—Siempre he querido tocar el piano —dije. No sé por qué no le hablé de los años en que lo había aprendido ni de las canciones que conocía a la perfección. En mi cabeza empezó a sonar *Someone to Watch Over Me*, de Ella Fitzgerald, y la cocina se llenó de música. Mi abuela estaba sentada a mi lado y sus dedos me mostraban dónde debía poner los míos. Nick siguió hablando, y lo escuché por encima del sonido de las notas del piano. Yo era muy joven entonces. No le conté aquello tan espantoso que hice. Él no formulaba esa clase de preguntas. Qué curioso que, cuando te entrevistaban para un puesto de trabajo con niños, se interesaran por tus estudios y por tu carácter, y no te dijeran: «Cuéntame la peor cosa que hayas hecho. Háblame de tus heridas. ¿Puedo fiarme de ti?».

De haber sabido la verdad sobre mí, tal vez no me habrían dado el trabajo, pensé, aunque estaba decidida a portarme bien. Aunque me aferré con vehemencia a mi propia bondad.

Cuando terminó de beberse el té, ya lo habíamos organizado todo. Me preguntó si quería esperar hasta que pasara la ceremonia de graduación y le dije que no, que me traía sin cuidado ponerme un sombrero y una túnica, y caminar con los demás estudiantes. De acuerdo, dijo; en ese caso, el domingo me recogería e iríamos los dos juntos hacia allí. Me dio un libro fino llamado *Enseñar en la escuela: manual sobre la educación en la granja* y me pidió que lo leyera.

—Mila —añadió—, tengo un buen presentimiento. Creo que encajarás a la perfección con nosotros. —Y le confirmé que yo también tenía un buen presentimiento. Y le dije que me sentía afortunada y me contestó—: Es que eres afortunada. Todos lo somos.

Y, acto seguido, se marchó.

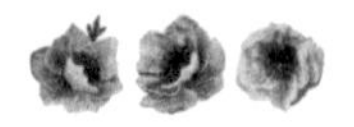

De haber dicho la verdad, me habría comentado: «El lugar al que te voy a enviar… parece bonito, pero está encantado».

Vale, habría respondido yo.

«Hará que resurja todo. Todo lo que has intentado enterrar».

Lo entiendo.

«Hará que te apetezca hacer cosas horribles».

No sería la primera vez.

«Y ¿cuál fue el resultado?».

Fue horrible. Pero prometo que esta vez lo haré mejor.

Podríamos haber mantenido esa conversación, no habría sido imposible. No le habría contado todo de mí, pero le habría contado lo suficiente. Habría aceptado igualmente el trayecto de cuatro horas en coche hasta la costa escarpada para ir con Terry y Julia y Billy y Liz y Lee y el resto de los niños. Solo quiero decir que habría sido más fácil de haberlo sabido.

bienvenida

Desde la ventana de mi dormitorio de la planta de arriba, vi el coche negro y resplandeciente de Nick. En cuanto apareció, me levanté y dejé el móvil en el alféizar. No esperaba que Amy y Jonathan siguieran pagando la factura, y de todos modos donde iba no había cobertura. Eché un último vistazo a la habitación desde la puerta —cajones vacíos, cama sin sábanas— y bajé las escaleras.

Me despedí de Amy y de Jonathan, y mientras cargábamos mis pocas pertenencias en la camioneta, les prometí que les escribiría.

—Espero que el pequeño sea bueno —le dije a Amy. Ella apartó la mirada, pero no tenía por qué sentirse culpable. Me habían dejado vivir en su casa durante tres de los cuatro años que había estado en el sistema de acogida. Me habían proporcionado una habitación bonita y me habían cocinado y me habían hablado y me habían comprado todo lo que necesitaba. No fue culpa de nadie que no termináramos enamorándonos. Eran una pareja joven y querían tener un bebé—. Lo digo en serio —insistí.

Me subí en el coche de Nick y les dije adiós con la mano. La rotundidad de cuanto estaba sucediendo se cernió sobre mí. Me iba. Se me nubló la visión y el mundo se detuvo. Pero la sensación acabó pasando, y me encontré bien.

Cinco horas más tarde, Nick tomó un desvío de la autopista y salió hacia un camino de tierra sin asfaltar. Evitó baches durante unos quinientos metros y redujo en cuanto nos acercamos a una gran verja de madera.

—Es para las cabras —me anunció.

Detuvo el coche, abrió la puerta para salir del vehículo y dejó el motor en marcha.

Era poco antes de las ocho de la noche y el cielo lucía un rosa pálido, y vi por el parabrisas cómo desenganchaba la verja y separaba uno de los lados antes de cruzar por delante del coche y separar el otro. Detrás de él se extendía un campo y se alzaba un gran establo de madera. Vi algunas rocas cubiertas de musgo. Dos cabras pastaban la hierba.

Había llegado.

Lo había conseguido.

Y entonces Nick regresó al coche, y seguimos adelante. Cuando nos paramos de nuevo, dije:

—Ya voy yo. —Y puse un pie en el terreno de la granja por primera vez. Olía a sal y a barro, y hacía frío (incluso en junio) y aspiré la novedad del lugar al abrir las puertas del establo de par en par y cerrarlas al poco. Cuando me giré hacia el coche, vi una hilera de pequeñas chozas, y detrás de ellas un caserío con las luces encendidas, todo blanco y con tres plantas, parecido a una casa de ilustración de libro o de una película clásica, diferente a todas las casas en las que había llegado a entrar.

—¿Ves eso de allí? —preguntó Nick señalando una carpa blanca y curvada—. Es la galería de las flores. Por aquí Julia es famosa por sus flores.

—Tengo muchas ganas de verlo todo.

Aparcó a medio camino de la senda en el punto más próximo a las chozas, y atravesamos el campo a pie, Nick con mi maleta, yo con mi mochila y mi morral. Desde el exterior, las chozas eran idénticas —todas eran minúsculas, más una cabaña que una casa—, con ventanitas delanteras y viejos pomos de latón. Al pasar por delante, de dentro de la primera choza salieron algunas palabras amortiguadas, seguidas por una carcajada. A unos veinte pasos encontramos la segunda, que estaba en absoluto silencio. Y, después de otros veinte pasos, se detuvo delante de la última.

—Bienvenida a casa —dijo Nick.

No hizo amago de abrir la puerta, así que yo misma giré el pomo. Esperaba que el interior estuviera a oscuras, pero no fue así. En el centro del techo había una grieta por la que se colaba la luz del cielo, que bañaba la estancia del mismo resplandor rosado que brillaba afuera.

Nick dejó mi maleta justo al lado de la puerta. Como me había embarrado los zapatos por haber caminado por el campo, metí la mochila y el morral sin cruzar el umbral siquiera. Vi una alfombra, una litera con estructura de hierro, un escritorio con una silla, una estufa de leña y una montaña de leños.

—Siempre me han gustado estas cabañitas —comentó—. Pero nunca pude vivir en una. Son solo para los internos.

—¿También viviste en la casa?

—En una habitación con otros dos chicos —asintió—. Nos quejábamos por todo en todo momento, éramos unos auténticos idiotas, pero fue estupendo. Ahora todos los veranos nos vamos de vacaciones juntos y siempre compartimos una habitación de hotel. Nunca duermo tan bien como cuando estoy en una habitación con mis hermanos.

—Qué guay —dije con una sonrisa.

—Me voy hacia la casa, pero tú tómate tu tiempo. Terry o Julia te enseñarán en breve cómo va todo por aquí.

—Vale. Nos vemos pronto.

Me quedé unos instantes aguardando al lado de la puerta.

Al final, me quité los zapatos, los coloqué con cuidado junto al umbral, entré en la choza y cerré la puerta. La alfombra era suave al tacto y muy colorida; tonos verdes y rosas y azules. Y, sin encender siquiera la estufa, se estaba caliente.

Me podría haber quedado allí a pasar el resto de la noche, pero me esperaban. Al poco, me senté en la cama para comprobar lo blanda que era, colgué mi ropa en el estrecho armario que se encontraba entre la estufa y la mesa, volví a ponerme los zapatos y me dispuse a atravesar el campo.

Me acerqué a la puerta principal, pero las ventanas a ambos lados de la pesada puerta de roble estaban a oscuras. Así pues, recorrí el perímetro de la casa, acariciando con la mano los blancos tablones de madera, hasta que oí voces y vi luz, y descubrí un pequeño patio con una puerta a un vestíbulo que daba a la cocina. Se abrió antes de que terminara de llamar.

Allí me encontré a Julia por primera vez.

Era rolliza, tenía arrugas, pelo cano y labios rosados.

—Estás en tu casa —dijo—. No hace falta que llames a la puerta. Entra directamente.

Enlazó el brazo con el mío y me guio hacia el interior. Esperaba ver a más gente, pero además de nosotros solo estaban Nick y Terry, inclinados hacia delante desde los extremos opuestos de una isla de madera maciza, inmersos en una conversación.

—Ah —exclamó Terry cuando me vio. Llevaba el pelo plateado cortado al rape y tenía tez oscura, una ancha sonrisa reluciente y unos ojos que me sorprendieron por la profundidad de su color azul—. Mila, bienvenida. Seguro que tienes hambre. Hemos guardado algo de cena para ti y para Nick.

Se cubrió la mano con una manopla, abrió la puerta de un horno anticuado y extrajo dos platos repletos de puré de patatas y salchichas y judías. Encendió el hogar para calentar un poco de salsa en un cacito de hierro.

—La comida de las ocasiones especiales, ya veo —dijo Nick. A continuación, se giró hacia mí—: Prepárate para comer un montón de sopa.

Terry se echó a reír, tendió un brazo hacia Nick y le revolvió el pelo.

—Que no tengo doce años —dijo él también entre risas.

Terry se dirigió hacia mí y me dedicó una sonrisa cálida pero precavida.

—Ven, siéntate.

Me senté a la interminable mesa de la cocina, con manchas de aceite y cercos de tazas, y dejé que la cena me llenara mientras Terry y Julia hablaban con Nick sobre su nuevo trabajo en un rascacielos de San Francisco. Escuché a medias mientras absorbía los detalles de la cocina. Las cortinas con estampado de flores blancas y azules, las islas de madera maciza, los gigantescos tarros alineados en las estanterías, llenos de harina y de azúcar y de arroz. Nunca había estado en un sitio como aquel.

—Bueno… —dijo Nick cuando hubo terminado de comer.

—¿Seguro que no podemos convencerte para que te quedes? —le preguntó Terry.

—Tengo que trabajar por la mañana. Pero volveré pronto. Buena suerte —me dijo mientras me daba un rápido abrazo de despedida—. No dejes que estos dos te hagan trabajar demasiado.

La pareja lo acompañó afuera, y cuando regresaron yo también había acabado de cenar.

—Mila —dijo Terry mientras recogía mi plato vacío y el vaso de agua—. ¿Por qué no te quedas aquí con nosotros un poco antes de que te enseñe los alrededores?

—Me encantaría —accedí—. ¿Ayudo a limpiar?

—Ah, no te preocupes por esto. Ya limpiarás bastante dentro de poco. —Dejó el plato y el vaso en el fregadero y sonrió mientras asentía hacia el salón, donde vi que Julia ya estaba colocando cojines en uno de los sofás. Lo seguí y subí los dos grandes escalones que separaban las dos estancias. En una gran chimenea ardía un fuego, que hacía resplandecer varias sillas tapizadas, cojines, dos sofás y un piano enorme. Toda la sala estaba cubierta, del suelo al techo, de estanterías atestadas de libros y fotografías enmarcadas. Había alfombras amontonadas. Todo era precioso y nada era perfecto, y no supe cómo era posible que me hubieran escogido para estar allí.

Julia estaba sentada en el sofá con una pierna debajo de la otra.

—Nick nos ha comentado que el trayecto ha sido tranquilo. ¿Habías estado tan al norte alguna vez?

—No —respondí. Elegí una de las sillas y me dejé caer—. Nunca había ido tan lejos. —Recorrí el contorno de un pájaro estampado en el reposabrazos. Intentaba no mirar hacia el gran piano, que llenaba el rincón detrás de ella. Aquel instrumento me oprimía el corazón.

El fuego crepitaba y la luz bailaba por el techo, y me apeteció contarles algo de mí misma.

—Debo decirles algo… —Los dos se inclinaron hacia delante—. Nick me habló del piano. Y por alguna razón le dije que quería aprender a tocarlo, pero la verdad es que ya sé tocarlo. Solo que ha pasado muchísimo tiempo.

—Qué curioso, ¿verdad?, lo que sale de nuestras bocas. —Julia se rio.

—Me alegro de que nos lo hayas comentado —intervino Terry—. Qué alegría tener aquí a alguien que lo sabe tocar bien. Ya hay suficiente gente que lo toca fatal, hazme caso.

—No sé si lo toco bien. Hace muchos años.

—¿Quieres tocarlo ahora? —me preguntó Julia.

Sí que quería. Quería tocarlo más que nada en el mundo. Me levanté y crucé la sala y me senté y posé los dedos sobre las teclas.

Recordé qué hacer a continuación. Me vino de pronto. Toqué *Someone to Watch Over Me* de principio a fin sin titubear. Supe qué teclas había que tocar, cuándo debía hacer una pausa y cuándo debía incrementar el ritmo. Toqué suavemente porque arriba había niños durmiendo. Terminé y regresé hasta la silla. Me pregunté si verían que me había ruborizado, pero en realidad no me importaba que lo viesen.

—Sabíamos que habíamos acertado con nuestra decisión —dijo Julia.

—Sí —asintió Terry—. Ahora dinos quién te enseñó a tocar así.

Y les conté que había vivido con mi madre y con mis abuelos durante gran parte de mi infancia, hasta que cumplí trece años y mi madre y yo nos mudamos a casa de Blake.

—A mi abuela le encantaba tocar el piano y era una profesora estupenda. Ni siquiera recuerdo intentar tocar ni equivocarme ni preocuparme por si lo hacía bien. Solo recuerdo sus dedos sobre las teclas y a ella diciéndome que la siguiera.

—Y ¿qué les pasó a tus abuelos? —preguntó Terry.

—Murieron al poco de que nos mudáramos. En un accidente de coche.

—Y ya nos han dicho que tu madre… —La voz de Julia se fue apagando, a la espera de que yo terminara la frase.

—Se fue —dije—. Después del incendio. —Recorrí de nuevo el dibujo del pájaro, y luego la rama en la que se posaba y las hojas que brotaban de la rama. Para cuando levanté la vista, estaba preparada para mirarlos a la cara—. No quiero hablar del incendio, si no les importa.

—No pasa nada —convino Julia.

—Tu pasado es tuyo —dijo Terry.

Asentí con la cabeza. Nos quedamos un minuto o dos sentados en silencio.

—Gracias por tocarnos algo —me agradeció Julia—. Gracias por ser sincera. —Se levantó y estiró los brazos por encima de la cabeza—. Ya son las nueve pasadas. Voy a ver cómo están los niños. Tienen muchísimas ganas de conocerte por la mañana.

—Yo también tengo muchísimas ganas de conocerlos.

—Vamos a por varias provisiones para ti —terció Terry—. Siempre es agradable tener algo en caso de que te apetezca picotear sin deber cruzar el campo. Y luego te acompañaré a tu choza y te enseñaré a encender la estufa para calentarla.

En la cocina, me entregó una cesta y me ofreció naranjas y una rebanada de pan y galletas.

—Y ahora —dijo en cuanto la cesta estuvo llena—, crucemos el campo hacia la tercera cabaña. —Hizo un gesto hacia la ventana, y entonces se detuvo. Seguí su mirada, pero al principio tan solo vi nuestro reflejo bajo la luz de la cocina: un hombre negro alto con una expresión de asombro en la cara y una muchacha blanca y solitaria que intentaba encontrarle sentido a la oscuridad.

Y entonces, bajo la luz de la luna, vi algo en el exterior que brillaba y atravesaba el campo hacia nosotros. Y cuanto más se acercaba, más se parecía a una silueta, al aspecto que tendría una persona si irradiara luz.

—Espero que no te den miedo los fantasmas —dijo Terry.

Al principio noté que me agarraban por el cuello. Noté una familiaridad. Una negrura. Con la espalda recta y agarrotada, puse cara de póker. Sería imperturbable. No iba a mostrar emoción alguna.

El fantasma vagó por el campo iluminado por la luna. Levantó los brazos hacia el cielo y dio un lento giro sobre sí mismo. Una chica, pensé, por el modo en que se movía. Y, aun sin quererlo, me quedé embelesada.

—No —susurré—. No, no me dan miedo.

No sabía si estaba diciendo la verdad.

Lo único que sabía era que quería verla dar vueltas eternamente. Quería ser ella. Sentir la hierba suave y oscura bajo los pies descalzos. Liberarme de los miedos que acarreaba en mi interior. Terry y yo nos la quedamos mirando hasta que la joven se había vuelto invisible con tanto giro. Qué fascinante era estar junto a otra persona y observar los dos la misma cosa. Y entonces ante nosotros ya no había más que un campo desierto y una luna y unas cuantas chozas en la distancia.

—A Julia y a mí nos avisaron antes de comprar la casa de que aquí había fantasmas. No lo creímos o quizá no le dimos importancia. Pero la primera vez que los vi me caí de rodillas.

Me giré hacia él esperando que añadiera algo más. Sin embargo, negó con la cabeza como para rechazar el recuerdo.

—¿Vamos? —me propuso.

El vestíbulo estaba repleto de chubasqueros y de botas y de linternas a pilas sobre una estantería. Me pasó una linterna y agarró una para sí mismo.

—Siempre que te vayas a adentrar en la oscuridad, lleva una contigo. Los caminos son irregulares y el campo a veces se queda embarrado. Deja una en tu cabaña y después trae las demás cuando regreses a la casa.

Salimos y cruzamos el campo por el lugar donde habíamos visto a la fantasma. Pensé que habría algo, un olor o una brisa, pero la muchacha había desaparecido por completo y la noche no era más que la noche.

—Empezaremos por el baño —dijo mientras dejaba atrás la hilera de tres chozas rumbo a una pequeña estructura que se alzaba tras las cabañas—. La puerta a veces se atasca. Empújala un poco. Apóyate en ella.

Lo intenté y funcionó. Era un lugar limpio y sencillo con un váter y un lavabo y una nueva pastilla de jabón.

—Aquí hace mucho frío. No es un buen sitio al que ir en plena noche, pero he colgado un gancho detrás de la puerta por si vienes con una chaqueta. La ducha está detrás. —Alzamos las linternas y recorrimos el perímetro de la caseta hacia una gran puerta que daba a una especie de patio. Primero vi un banco y varios ganchos. Unos pasos más allá había una ducha, y al lado vi un abrevadero redondo de metal, de esos de los que los animales solían beber agua. Me di cuenta de que hacía las veces de bañera—. No es lo más cómodo del mundo, pero sirve si te apetece remojarte —continuó—. Y puedes ir a bañarte a la casa siempre que quieras.

De nuevo en mi choza, Terry se quedó junto a la puerta.

—Me gustaría enseñarte un par de cosas. Cómo encender el fuego, dónde apilar la leña. ¿Te importa si entro?

—Para nada.

Echó un vistazo a la provisión de leños.

—Ah, bien —dijo—. Billy se ha asegurado de que tuvieras suficientes. A él y a Liz los conocerás mañana, igual que a los niños. El desayuno es a las siete y media en la cocina. ¿Has utilizado alguna vez una estufa de leña? —me preguntó.

—No —respondí.

—La mejor forma de aprender es hacerlo, así que agarra un par de leños de la pila y unas cuantas hojas de periódico —me indicó.

Obedecí y lo puse todo en la estufa. Terry levantó una caja de cerillas de un plato azul y empezó a entregármela, pero se quedó paralizado con el brazo a medio extender y las cerillas entre los dedos. No lo miré a la cara, pero lo vi respirar. Se me quería salir el corazón por la boca —«Me tiene miedo, me tiene miedo»—, pero entonces recordé que él no conocía toda la historia, así que no había razón alguna para que me tuviese miedo. En todo caso, me compadecía. Creía que para mí sería difícil.

—No me importa —le aseguré—. No me da miedo el fuego.

—Bien, bien —masculló. Acepté la caja de cerillas, separé un fósforo y lo encendí. Después de haber prendido las hojas de periódico, cerré las puertas de la estufa y eché el pasador—. Una sola cosa más y me marcharé.

Esperé.

—Eres libre de irte cuando desees. Aquí no eres una prisionera. Pero si quieres irte solo te pido que nos lo comuniques para que podamos llevarte al pueblo. Hay algunos que se han marchado a pie. No es seguro.

Asentí.

—Pero espero que te quedes, claro —dijo con una sonrisa.

—Es mi intención —respondí, y nos deseamos buenas noches.

Abrí mi morral, extraje el neceser y recorrí el camino hacia el baño para prepararme para ir a la cama. Cuando regresaba a mi choza, el fantasma reapareció en el campo. Se inclinó, se giró. Aparté la mirada. Oí a Terry diciendo: «Espero que no te den miedo los fantasmas». Aceleré el paso al acercarme a mi cabaña. Cerré la puerta tras de mí con fuerza.

Me desvestí, me puse el pijama, retiré las sábanas y me metí en la cama. Apoyé la cabeza en la almohada.

Un saco de dormir que olía a humedad sobre un bloque de hormigón. Mi madre arropándome.

Estancias con armazón, pero sin techo. Estrellas en lo alto. Eucaliptos moribundos que se cernían sobre nosotras.

Una columna de humo se elevaba de la hoguera y mi madre se inclinó hacia mí. Apoyó los suaves labios en mi frente.

—Es como estar de acampada —susurró mientras abrochaba el saco hasta mi barbilla—. Que duermas bien.

Se levantó. Se giró. Me dejó a solas en aquel lugar extraño y frío.

Pero no, no… Estaba en mi choza. Con paredes y techo. Con escritorio y edredón. La estufa me mantenía caliente.

Me cubrí el acelerado corazón con la mano.

—Esta es mi casa —me dije.

Encontré el modo de volver a la suave almohada que tenía bajo la mejilla, al resplandor de la luna en el firmamento, a la regularidad de mi respiración.

—Esta es mi casa —susurré al cerrar los ojos—. Todo lo demás ha terminado.

la escuela

A la mañana siguiente, abrí las cortinas y vi una niebla tan espesa y próxima a la hierba que no divisé la casa que se alzaba más allá. Después de que se hubiese apagado el fuego, en mi cabaña hacía frío y no había ni rastro de la calidez de la noche.

Me puse el jersey para dirigirme hacia el baño. No se me había ocurrido la posibilidad de encontrarme con nadie, pero ahí estaban los otros internos, que avanzaban directamente hacia mí.

Liz y Billy. Ella, con cortas rastas y piel oscura y un aro en la nariz, sonriéndome. Él, larguirucho y de piel pálida con una chaqueta vaquera y el pelo engominado con esmero, como si acabara de salir de un póster de James Dean.

—Tú debes de ser Mila —dijo Liz cuando se me acercaron. Debajo de la chaqueta tan solo llevaba una toalla.

—Sí —respondí, y recordé que tenía el pelo enmarañado y el aliento agrio. Creí que se detendrían para charlar, pero pasaron de largo a toda prisa. Billy se giró y caminó varios pasos hacia atrás.

—Nos vemos en el desayuno —dijo, y nos marchamos en direcciones opuestas. «¿Se habían duchado juntos?», me pregunté. «¿O se habían encontrado en el camino como quien no quiere la cosa, igual que conmigo?». La próxima vez, antes de salir de mi habitación, me miraría en el espejo. Ojalá tuviera un cuarto de baño propio. Me reprendí por ser una desagradecida.

Estaba en la bellísima costa rocosa, con una cabaña para mí sola y un trabajo y comida caliente a diario. Estaba rodeada de una posible familia. Y me preocupaban el pelo y el aliento. Todos somos humanos, todos nos levantamos desaliñados y confundidos. No pasaba nada, me dije. Prepárate. Sigue con tu día.

Me sentí muy cohibida al presentarme en la puerta para desayunar y ver que todas las caras se giraban para observarme. Jackson, Emma y Hunter. Darius, Blanca, Mackenzie y James.

Iban a tener que repetirme los nombres una y otra vez para que me los aprendiera. Los tres estudiantes mayores estaban sentados en el rincón más alejado. Emma me dedicó una sonrisa radiante. Hunter sonrió con suficiencia y Jackson a duras penas me miró. Teníamos una edad muy parecida. Di gracias por que no me hubieran puesto a ser su profesora. Liz, ahora vestida con unos vaqueros y una camiseta, estaba comiendo un aguacate con una cuchara y exclamó:

—Hagamos que Mila se sienta a gusto, gente. —Y, como por arte de magia, Hunter asintió. Jackson levantó una mano para saludarme.

Darius, Blanca, Mackenzie y James, los más pequeños, estaban apiñados en un banco alto a un lado de la mesa de la cocina. Prestaban toda su atención a las servilletas de tela que tenían en el regazo. Terry fue colocando pequeños cuencos con yogur natural delante de cada uno de ellos, y un muchacho lo seguía con un bol más grande y lanzaba cucharadas de frutos rojos a la masa blanquecina.

—La famosa ensalada de frutas de Lee —anunció Terry.

Se trataba de Lee, pues. Se giró y, cuando me vio, dejó el bol en la mesa.

—¡Eh! —gritó Blanca—. ¡Yo quiero frutos rojos!

Lee abrió los ojos como platos.

—No pasa nada, tío —terció Billy—. Ya me encargo yo. Ve a conocer a tu profesora. —En voz baja, se dirigió a Blanca. Y al poco la oí decir:

—¿Me das mis frutos rojos, por favor?

—Pues claro —respondió Billy.

Lee dio un paso hacia mí y me tendió la mano. Tenía nueve años y era bajito para su edad. Su mano era pequeña, pero apretaba con fuerza, como si hubiera estado practicando.

—Me llamo Lee —me dijo—. De momento soy tu único alumno.

Terry puso una de sus grandes manos en el hombro delgado de Lee.

—Lee tenía muchas ganas de conocerte.

—No se me dan muy bien las mates —me contó Lee—. Pero me gusta leer.

Me senté en una silla para no tener que bajar la mirada al hablar con él.

—¿Qué te gusta leer?

—Cualquier cosa.

—Me da la impresión de que nos llevaremos bien —le dije. Sonreí, y su rostro serio se transformó en una sonrisa, y fue una sonrisa tan repentina y sorprendente que noté que se me anegaban los ojos de lágrimas. Parpadeé deprisa para contenerlas y me volví hacia la mesa donde Julia había dejado una taza vacía y me ofrecía un café.

La escuela era el viejo establo que había visto al llegar, una estancia gigantesca con varias mesas de madera y sillas dispuestas por todo el espacio. Un rincón estaba preparado para los más pequeños con colchonetas y cojines y juguetes. Todas las muñecas estaban hechas a mano: ojos y bocas cosidos, vestidos y pantalones diminutos teñidos de amarillo cúrcuma o de rojo remolacha. En una baja estantería se alzaba una pequeña ciudad de casas talladas en madera con coches a juego en fila, como si se hubieran detenido delante de un semáforo.

Con ventanas a lo largo de las dos paredes más grandes, la habitación estaba bañada por la luz de la mañana. Era un lugar tranquilo y espacioso, perfecto para aprender.

Se lo comenté a Terry.

—Me alegro de que te guste —dijo—. Pero quizá quieras guardarte los elogios para otro momento… Ahora voy a compartir contigo el secreto del armario de materiales.

Abrió las puertas del armario para mostrarme estantes repletos del típico material escolar: papel rayado y papel cuadriculado, transportadores y calculadoras. Y también había cosas inesperadas. Láminas de cera de abeja. Más juguetes de madera. Un móvil de papel maché del sistema solar con los hilos enredados, en cuyos extremos colgaban varios disfraces y gafas.

—Algún día haré limpieza de todo esto. Me prometí hacerlo antes de que llegaras. Me prometí hacerlo antes de que llegaran Billy y Liz. ¡De poco sirven mis buenas intenciones! Pero aquí deberías encontrar todo lo que necesites. Si te falta algo, díselo a Julia o coméntamelo a mí y te lo conseguiremos o encontraremos un digno sustituto.

—Seguro que con esto hay más que suficiente —le aseguré.

—Siempre intentamos tener por lo menos a dos niños de edad muy parecida para que no estén solos en la clase. Durante un tiempo estuvo Esther junto a Lee, pero entonces vino la tía de Esther para adoptarla. Aquí no suele ocurrir eso;

nuestros niños suelen quedarse. Pero hay dos niñas que quizá se nos unen en breve. Dos gemelas de nueve años cuya madre ha perdido la custodia. Estamos a la espera, a ver.

Asentí.

—En fin, se acabó la introducción. Has leído el manual, ¿verdad?

—De principio a fin —dije.

—Fantástico. Ahora ayudarás a Lee con las divisiones. Últimamente ha estudiado mucho por su cuenta y agradecerá contar con alguien que le eche una mano.

Lee se sentó a la mesa del extremo más alejado de la escuela con los hombros encorvados.

—¿Puedo? —le pregunté mientras colocaba una mano en la silla vacía que estaba a su lado, y el pequeño asintió y se acercó la libreta para dejarme más espacio. La libreta estaba llena de números escritos con esmero y divisiones y rectángulos negros que me confundieron hasta que me di cuenta de que, en lugar de tachar o garabatear los errores, los había cubierto para que no quedara rastro de aquellas incorrecciones en particular.

—Una división larga —observé—. ¿Cómo las llevas?

—Bien —contestó con el ceño fruncido—. Son difíciles. Estoy encallado en esta. No dejo de pensar que la he hecho bien, pero cuando miro en el libro está mal.

—¿Te ayudo?

—Vale —aceptó.

Cuando deslizó la libreta hacia mí, vi sus manos: piel aceitunada con dedos elegantes, todos rectos a excepción del anular de la mano derecha. Ese dedo terminaba por encima del nudillo, donde claramente se lo había roto, y había sanado por su cuenta. En ese momento fui consciente del modo en que me desplazaba por el mundo. Sin heridas extrañas ni huesos rotos. No había nada a simple vista que me delatara. Me pregunté quién se lo habría hecho. Quién habría impedido que lo curaran.

Debió de darse cuenta de que me estaba fijando, porque puso las manos debajo de la mesa. Y supe lo mal que se sintió al ver que me lo quedaba mirando tanto rato. Me ardió la cara. Deseaba con todas mis fuerzas portarme bien.

Me recogí el pelo como me lo recogería si quisiera atármelo en una coleta.

—Mira —dije, y le mostré uno de mis lóbulos, y luego el otro. Lee se inclinó para contemplarlos bien. Noté la intensidad de su mirada y también sentí el peso de lo que le estaba mostrando—. ¿Ves que los agujeros no están centrados? ¿Ves que este… está un poco más arriba que el otro?

Lee asintió.

—No quise que me hicieran agujeros en las orejas porque pensara que sería bonito. No me los hicieron en un centro comercial ni en una tienda. La persona que me las agujereó lo hizo para hacerme daño.

Nunca había pronunciado aquellas palabras, nunca se lo había contado a nadie. Ahora Lee lo sabría para siempre, y sería algo que nos uniría, y esperé que a mi lado no volviera a sentirse jamás como el protagonista de un dolor ridículo.

Nos sostuvimos la mirada durante tanto tiempo que supe que significaba algo. Al final, asintió y colocó de nuevo las manos sobre la mesa. Observé la hoja de papel, sus números concienzudos, los rectangulillos con los errores.

—Vale —dije—. Déjame ver. Hace mucho tiempo que no las hago.

Le pedí que me explicara el problema, al principio porque necesitaba recordar los pasos de una división larga, pero después porque reparé en que era un buen método que me lo explicara. Detecté su error un poco antes que él, y, cuando llegó a ese punto del problema, dudó y le sonreí.

—Oh —dijo—. Debería ser un siete.

—Sí. Y ahora sigue. A ver qué resultado obtienes.

—Diecisiete coma cinco —dijo—. Estoy bastante seguro... —Buscó en las últimas páginas del libro y me lo enseñó.

—¡Lo has hecho bien!

—¡Viva!

—¿Empezamos la siguiente?

Dio con el problema y lo escribió en la libreta tomándose su tiempo para trazar los números a la perfección. Si era un uno, en lugar de dibujar una línea recta, incluía el ángulo de la cima y la línea horizontal de debajo. Los sietes los atravesaba. Añadió unas filigranas diminutas para terminar los doses.

En el extremo alejado de la escuela, un niño empezó a llorar. Me giré y vi que Billy estaba agachado entre dos de los pequeños para recordarles que se turnaran para jugar con los rompecabezas. Miré hacia Liz, que estaba haciendo un taller con sus alumnos mayores; todos estaban leyendo un ensayo y garabateaban anotaciones en los márgenes. Percibí la dualidad de Lee y yo. Éramos la única pareja. Lee era lo único que tenía yo, así que debía esforzarme al máximo. Observé la libreta de nuevo para ver sus avances, pero vi que no había hecho ninguno. Estaba vuelto hacia la ventana con un claro terror en la cara.

Seguí su mirada, pero tan solo vi un cielo brumoso con un punto brillante allá donde el sol se colaba entre las nubes. Una maraña de flores coloridas. Dos pájaros rojizos que volaban deprisa y caían en picado y se elevaban nuevamente.

Cuando me giré hacia él, vi que tenía los ojos desenfocados. Había perdido todo el color y apretaba los dientes.

—Lee —dije—, ¿qué pasa?

No me respondió. No supe si había oído siquiera que lo había llamado.

—Lee —exclamé más fuerte.

Miré tras de mí, pero los demás estaban concentrados en sí mismos. Estábamos solo Lee y yo, y debía conseguir que el niño superara lo que le estaba ocurriendo. Con sumo cuidado, le puse una mano en el hombro y se sobresaltó, y se giró hacia mí.

—¿Qué has visto ahí fuera? —le pregunté. Me aseguré de hablar en voz baja, me aseguré de aparentar una persona buena y tranquila y preocupada, de ser la clase de persona que él quería a su lado mientras vivía lo que fuera que estuviese viviendo—. ¿Ha sido un fantasma?

—No —contestó—. Los fantasmas solo salen cuando es de noche.

Julia entró en la escuela a las tres en punto para hacer repicar una campana de latón.

—Las clases han terminado por hoy —anunció cuando el repique se había esfumado, y por toda la escuela se retiraron las sillas, se cerraron y se guardaron los libros, se apartaron los folios y los lápices. Los pequeños formaron una fila. Lee se levantó y saltó de la silla para guardar sus cosas en el armario.

Todo el mundo sabía qué hacer menos yo.

—Mila, ven conmigo —me llamó Julia, y me alivió salir de allí. Me guio por el camino de tierra hacia la autopista. Las dos cabras pastaban la hierba—. Son unos animalitos muy tercos —me informó—. Y fuertes también. La blanca es Annabelle; tolera las caricias. Percy es la morena y tiene mal genio. Estás avisada.

—Son muy monas.

—Sí que lo son —asintió—. Y cumplen bien con su función.

—¿Cuál es?

—Comerse la hierba seca. Mantener los arbustos a raya. —Abrió la verja—. La dejamos cerrada para que no se escapen.

—Me lo contó Nick.

—El bueno de Nick. Claro que te lo contó. Pensé que te habría llevado hacia el océano para que conocieras el mejor camino.

—No me había fijado en que podíamos ir a pie.

—Estamos muy cerca. Pero el camino no está marcado, así que hay que saber hacia dónde va uno.

Seguimos el resto del sendero hacia la autopista, y allí Julia señaló los árboles y los matojos, y me enseñó sus nombres.

—Los pequeños te los recordarán si los olvidas. Hazles un examen. Forma parte del currículo que hemos desarrollado para los de preescolar. La gente necesita saber dónde encaja en el mundo. El primer paso para ello reside en comprender lo que los rodea. De ahí que les enseñemos a hablar y les dejemos explorar. El interno que tuvimos antes de Billy no le daba mucha importancia a la naturaleza, así que nos llevamos una alegría cuando el año pasado lo encontramos a él. Se pasó mucho tiempo de acampada antes de que murieran sus padres. Eran aventureros de verdad, hacían expediciones de escalada y largos viajes con mochilas, y le enseñaron tantas cosas sobre la naturaleza que apenas tuvimos que explicarle nada.

Llegamos hasta la autopista.

—Los coches pasan muy rápido —dijo—. Cuando te acerques con los niños, dales la mano bien fuerte y acelerad el paso. Puede que no haya rastro de ningún coche y que, antes de que te des cuenta, uno se dirija hacia ti. —Cruzamos la carretera y caminamos no más de un par de minutos antes de que el camino terminara y las rocas formaran una pared vertical.

Nos encontrábamos en un acantilado, observando el océano más abajo. Noté que se me aflojaban las rodillas y me sorprendió. No sabía que había nuevos miedos que descubrir.

Julia debió de percatarse de cómo me sentía, porque enlazó el brazo con el mío. Su manga de lana gruesa hacía que mi fino jersey de algodón pareciera inadecuado. Se lo comenté.

—En la casa tenemos un montón de ropa de más. Cuando necesites algo, ve hacia los armarios de arriba. Tenemos zapatos de todas las tallas y chaquetas y jerséis y bufandas y sombreros y otros accesorios. También juegos de mesa, instrumentos para observar a los pájaros y para buscar comida. Incluso viejos carteles y cuadros si te apetece decorar tu choza. Cualquier cosa que se te ocurra, de verdad. Bueno, bajemos.

Echamos a caminar por el acantilado hasta que convergía en un camino que estaba parcialmente tapado por un viejo madroño, y a partir de ahí empezó el descenso. Era escarpado y rocoso, pero al cabo de poco llegamos a la arena. En el cielo volaban varias gaviotas. A lo lejos, unas cuantas personas hacían surf.

—¿Nadas?

—Sí —respondí—. Bueno, sé nadar, si esa es la pregunta.

—¿Nadas bien?

—En realidad, no. Solo en piscinas, sobre todo. Cuando era pequeña, la familia de mi amiga Hayley tenía una.

—Te voy a decir lo que tienes que saber sobre el océano Pacífico. En primer lugar, está helado, así que debes llevar un traje de neopreno. Los guardamos con todo lo demás en los armarios de arriba. Si quieres venir, avísame a mí o díselo a Terry. O a Billy o a Liz, los dos son grandes nadadores. Aquí la corriente es muy fuerte, así que ni se te ocurra nadar cuando sube o baja la marea. Si resulta que terminas atrapada en aguas revueltas, haz lo siguiente: relájate. Deja que el océano te saque. Siempre y cuando no te resistas, te mandará de vuelta a la orilla. ¿Entendido?

Asentí. Observamos a los surfistas, observamos las olas. El cielo ahora ya era azul, no había ni rastro de la niebla matutina.

—¿Te gusta? —me preguntó Julia. Pero no supe a qué se refería. Solamente veía el agua de un azul verdoso intenso, la espuma blanca contra las rocas oscuras. Los peñascos salpicados de flores silvestres y la hierba alta que se mecía en el viento—. Porque es espectacular —añadió—. Pero a mí no me gusta. Me da miedo.

—Supongo que no sabía que podía no gustarme. —Me pareció una afirmación absurda, pero era lo que pensaba.

—Me encanta el sonido —dijo Julia—. Verlo desde una distancia segura. Desde lejos. Me gusta ver el océano, pero no el océano en sí mismo. Pero a Terry y a muchos de los demás, también a Billy y a Liz, les encanta acercarse. Creo que les ayuda a ahogar ciertas cosas.

Asentí. No supe qué decir. Me quedé mirando el paisaje y me pregunté cómo me sentía, y no encontré ninguna respuesta.

amapolas

Julia y yo entramos en la casa por la puerta delantera, de la que me había alejado yo la noche anterior. Se abría a un recibidor que daba al salón, donde los alumnos mayores estaban ayudando a los más pequeños, apiñados alrededor de la mesa de centro con tijeras y pegamento y hojas de papel de colores.

—¡Hora de limpiar! —exclamó Emma, la chica que me había sonreído por la mañana. Vi cómo los críos guardaban los folios y ponían el tapón sobre el pegamento. Emma le dio una palmada a la pequeña Blanca en la cabeza antes de irse con los otros dos adolescentes al piso de arriba.

—¡Gracias! —les gritó Julia. A continuación, se giró hacia los niños y se quedó maravillada ante los *collages* y la limpieza. Les prometió burbujas extras cuando se bañaran, y los críos la siguieron tan contentos—. Los otros deben de estar en la cocina —me anunció. Oí voces que procedían de la otra estancia (eran Terry, Lee y Billy), inmersas en una conversación. Bajé los peldaños y me encaminé hacia ellos.

Cuatro hogazas de masa madre se enfriaban en la encimera. Billy estaba meneando un tarro de nata para convertirla en mantequilla.

—Ah, estás aquí —dijo cuando me vio—. Julia te ha secuestrado.

—¿Adónde te ha llevado? —Lee levantó la mirada del cómic que leía.

—Al océano.

Los ruidos de salpicones se detuvieron.

—¡Por fin! —exclamó Billy. Desenroscó la tapa, dejó el tarro y se frotó el bíceps. Me fijé en la pulsera de oro que llevaba en la muñeca, una simple cadena. Terry destapó una cazuela gigantesca y el olor a salsa de tomate se adueñó de la cocina.

—¡Ñam, ñam! —dijo Lee después de relamerse los labios.

Terry sirvió la sopa en varios cuencos sobre la encimera antes de volver a tapar la olla.

—Billy, ¿cómo vas con la mantequilla?

—Ahora le echaré la sal —respondió—. Paciencia, viejo.

Al cabo de poco, Liz llegó del salón. Se acercó al fregadero y se lavó las manos antes de agarrar un cuchillo del pan.

—¿Qué tal tu primer día? —me preguntó sin darse la vuelta.

—Me lo he pasado bien —dije.

—No tienes que decir eso porque estemos todos aquí —observó Billy.

—Exacto —asintió Terry—. Los primeros días a menudo son difíciles.

Pero al pensarlo, al pensar en la mañana y en el desayuno y en los lápices a los que habíamos sacado punta y en las lecciones, incluso en el error de mirar durante demasiado tiempo el dedo roto de Lee, incluso en su momento de pánico, supe que no les estaba mintiendo.

—De verdad que sí —insistí.

—Juguemos a decir lo mejor y lo peor del día. —Lee cerró el cómic de pronto.

Liz terminó de cortar el pan y me di cuenta de que todas las rebanada eran perfectas, como si hubiera cortado cientos de hogazas.

—Vale, Lee. —Dejó el cuchillo—. Juguemos. ¿Quieres empezar tú?

—Lo mejor de mi día ha sido conocer a Mila. Ha sido muy duro no tener profe durante dos meses enteros.

La calidez me inundó el pecho. Aquel niño me quería allí.

—Lo mejor del mío ha sido conocer a Mila —dijo Liz. Me miró y me sonrió. Noté cómo me ruborizaba—. ¿Terry?

—Mmm... —Se frotó las manos con el delantal—. Bueno, yo conocí a Mila ayer, así que voy a romper vuestro bonito patrón. Pero lo mejor de mi día ha sido ver a Mila dar clase. Tiene un don. Con la docencia, o lo tienes o no lo tienes. Uno se las puede arreglar aprendiendo los truquillos, pero ese instinto docente... Eso no se puede enseñar.

Todos aquellos elogios eran casi demasiado para mí.

—¿Vas a seguir hablando? —le preguntó Billy—. Creía que estábamos jugando, pero parece que nos estés dando un sermón.

—Tu turno. —Terry levantó las manos.

—Pues a ver —Billy dejó un cuenco con mantequilla junto al pan—, obviamente lo mejor de mi día ha sido conocer a Mila. Bienvenida a la granja. Estamos supercontentos de tenerte aquí.

—Gracias —dije—. Lo mejor de mi día es este mismo momento.

—Ya casi es hora de irse a la cama —terció Terry—. ¡Comentemos lo peor del día! Lo peor del mío ha sido el armario de la escuela. Es un caos absoluto.

—Una ampolla en un dedo del pie —dijo Liz.

—Esta mañana he echado de menos a mis padres una barbaridad —intervino Billy.

—Me ha vuelto a pasar aquello. —Lee se inclinó hacia delante—. El miedo me ha llenado la garganta y el estómago.

Me pregunté por qué lo había contado en ese momento, con tanta sinceridad, cuando antes no se había referido a lo ocurrido. Yo quería ser una persona en la que él confiara.

—Eso también ha sido lo peor de mi día —dije—. Al verte así.

Me dedicó una sonrisa. Cuando yo era como él, tenía a mis abuelos. Tenía a mi madre. No fue hasta más tarde cuando todo cambió. *Lee*, pensé mientras entraban los niños, que acababan de darse un baño, y Emma y Hunter y Jackson se sentaban al extremo de la mesa mientras él mordisqueaba trocitos de pan y engullía las cucharadas que se llevaba a la boca con cuidado. *Haré lo que haga falta para ganarme tu confianza*.

Y en cuanto hubimos terminado de comer las cuatro hogazas con toda la mantequilla, en cuanto todos los cuencos se habían vaciado, los niños habían practicado las canciones que habían aprendido y pasamos al salón para una ronda de charadas, Julia se levantó.

—Esta noche no hace frío. ¿A alguien le apetece dar un paseo bajo la luna?

—¡Sí! —chillaron todos los niños, y salieron con las linternas rumbo a la noche mientras los mayores se acomodaban en el porche trasero, dos de ellos con sendas guitarras, y Billy y Liz y yo limpiamos la cocina.

—Lee ha sufrido mucho —me dijo Billy más tarde—. Le dan ataques de pánico. Sabe cómo gestionarlos. Dale un poco de tiempo y se pondrá bien.

Nos dirigíamos hacia nuestras chozas los tres, cada uno con una linterna en alto.

—¿Sabéis qué les pasó a los padres de Lee? —pregunté.

—Su padre está en la cárcel —respondió Liz—. Probablemente para siempre. Su madre murió de sobredosis hace más o menos un año. A él no le gusta hablar sobre eso, pero terminó contándole toda la historia a Samantha.

—¿Samantha?

—La interna que estaba aquí antes que tú.

—Ah —mascullé—. Claro.

—Pobre Lee. —Billy negó con la cabeza. Yo asentí y pensé en su dedo roto, en su momento de terror—. Buenas noches, Mila —se despidió.

—Buenas noches —dije.

Y entonces abrió la puerta de su cabaña, y Liz lo siguió hasta el interior. Recordé la risa de la noche anterior. Me pregunté si estaban juntos o si solamente eran amigos. No importaba. Sea como fuere, yo no era como ellos, a pesar de las cosas tan amables que habían dicho sobre mí.

Seguí caminando en dirección a mi choza, pero enseguida me detuve de nuevo. Un resplandor apareció en la distancia, detrás de la casa. «La fantasma bailarina», pensé. Pero cuando avancé vi que no era un solo fantasma, sino varios.

Estaban reunidos en el medio del campo. Con las manos agarradas, formaban un círculo. Uno de ellos se desplazó hasta el centro y luego volvió a retroceder. Formaron una fila.

Estaban jugando a algo. Se agarraban y se soltaban las manos siguiendo unas normas a las que no les encontré sentido. Eran espectaculares y no me dieron ningún miedo. Bajo la luna inalterable, mientras la niebla reptaba por el cielo como si fuera un ser vivo, me quedé observándolos un buen rato, anonadada por lo afortunada que era por que me hubiesen escogido a mí. Qué increíble resultaba estar allí, en aquel lugar tan extraño e incomprensible. Vi el destello de un nuevo fantasma que se acercaba y algo más sombrío también. Algo que apareció y desapareció de inmediato.

Me dormí a medias en la casa sin terminar de Blake bajo los eucaliptos.

El viento soplaba entre las hojas secas.

El ululato de un búho, el aullido de un gato. Correteos. Los gemidos de mi madre.

Cuando se hizo de día, me puse en pie, con la vejiga llena, y encontré el agujero en el suelo que Blake utilizaba como váter. Nos contó que lo cubría de cenizas para ahuyentar el olor, pero apestaba de todos modos, un hedor tan agrio que me revolvía las tripas. Me puse en cuclillas y aguanté la respiración. Cuando terminé, me limpié las manos con el grifo. Me lavé la cara y el pelo también, y utilicé una pastilla de jabón porque es lo único que pude encontrar. Me escurrí el pelo y, con el agua goteando hasta el suelo, fui a buscar a mi madre.

Me la encontré junto al fuego, compartiendo un banco con Blake.

Él me miró con aquellos ojos verdes, aquella sonrisa suya que nunca había sido agradable, ni siquiera la primera vez que lo vi. Rodeaba a mi madre con el brazo y la mantenía inmóvil.

—Buenos días —dijo.

Mi mejor amiga, Hayley, la única amiga con la que pasaba tiempo fuera de la escuela, estaba de campamento sin cobertura. Aquel día le dejé un mensaje y le pedí que me llamara en cuanto pudiese. Pero por la noche, antes de que me hubiera devuelto la llamada, Blake me arrebató el móvil.

—No necesitamos estos aparatos —exclamó—. Lo que necesitamos es el vínculo humano.

Estaba en pie sobre un bloque de hormigón con las zapatillas forradas en piel; la estructura de la casa se cernía sobre él y los remanentes de la luz de la tarde se colaban por el lugar donde debería estar el techo.

Mi madre acababa de marcharse rumbo al trabajo. Iba a pasarse toda la noche fuera.

—Quiero enseñarte una cosa —dijo Blake guardándose mi móvil en el bolsillo—. Sígueme.

Lo seguí hacia el lugar que consideraba su habitación. Allí había colgado unas lonas que hacían las veces de paredes con sábanas que las aferraban para dar intimidad. Sobre el hormigón se extendían alfombras con capas, y encima de ellas se alzaba su colchón. Abrió una caja y hurgó en el interior hasta dar con una funda de terciopelo. Dentro había un par de binóculos de nácar.

—Puede ser muy divertido —dijo mientras me los entregaba—. Diversión de la de antes. Hagamos algo de cena y ya verás lo que encuentras cuando te tomas el tiempo para mirar de verdad. No necesitas pantallas. Necesitas vivir.

En tanto él asaba verduras en una barbacoa fuera de la casa, observé el cielo con los binóculos. Vi las estrellas y la luna. Algunos pájaros pasaron volando y les perdí el rastro, hasta que barrí el firmamento y los encontré posados sobre un cable de teléfono.

Y debajo de ellos había una ventana, con luz, y una familia en el salón de su casa haciendo un puzle. Vi cómo el padre le daba una pieza a un niño que era un poco más pequeño que yo. Podría haberlos observado durante mucho tiempo, pero me pareció que los espiaba. Sabía que yo no querría que una desconocida me mirase sin que me diese cuenta, aunque tan solo sintiera curiosidad y no quisiese hacerme ningún daño.

Bajé los binóculos y fue entonces cuando la vi. Una mujer, ya anciana, con mirada ausente. Estaba en la calle con un camisón. En una mano, llevaba un ramo de gigantescas margaritas de plástico. En la otra, sujetaba lo que parecían las raíces nudosas de un árbol. Estaba en la acera, sola en la oscuridad, contemplando la nada.

—Blake —lo llamé.

Estaba tallando un trozo de madera con la navaja mientras esperaba a que se cocinara la comida.

—Mmm —respondió, los ojos clavados en su proyecto.

—Mira a esa mujer —dije. Siguió tallando durante unos instantes hasta que vio que le ofrecía los binóculos. Los aceptó, y le señalé la calle—. ¿Qué está haciendo? ¿Crees que deberíamos ayudarla?

Se llevó los binóculos a los ojos y los enfocó. Durante un buen rato, permaneció de cara hacia el lugar que yo había estado observando. Vi a la mujer incluso sin los binóculos, totalmente quieta, pero entonces se balanceó hacia delante y hacia atrás antes de volver a quedarse inmóvil.

—¿Qué mujer? —me preguntó Blake.

Pero había estado mirando hacia ese punto. Seguía observando. Y allí estaba ella.

—La vieja.

—No veo a ninguna vieja.

—Justo ahí —dije—. Con las flores de mentira y esa otra cosa en la mano.

—No sé de qué hablas —me contestó—. Debes de estar cansada, deberías irte a la cama. —Plegó los binóculos y los metió de nuevo en la funda de terciopelo.

—Pero todavía no he cenado. Y aún es pronto. —Aunque no sabía lo pronto que era. No tenía el móvil. No tenía ningún reloj.

—Estás tan cansada que ves cosas —dijo Blake—. No te encuentras bien. Ve a tumbarte.

Obedecí.

—Una cosa… —me dijo a la mañana siguiente. Estábamos calentando agua en el fuego para preparar café—. He estado pensando en la supuesta mujer a la que viste anoche.

—Estaba allí —insistí—. Es muy raro que no la vieras.

—Me preguntaba… ¿Por casualidad llevaba puesto un camisón?

—¡Sí!

—¿Y tenía el pelo muy corto?

—Sí, era ella.

—¿Y las flores de mentira eran margaritas, por casualidad?

—Sí. Sí, creo que sí.

Metió granos de café en un molinillo y le dio vueltas.

—Se llamaba Lorna —me informó—. Vivió durante años en la casa al otro lado de la calle. Pero murió el pasado mes de mayo.

La siguiente vez que la vi, fue a plena luz del día, y mi madre estaba ahí. Me había pasado un rato leyendo, pero me entró hambre. Cerré el libro y me levanté y la vi, en esa ocasión con las manos vacías, aunque con el mismo camisón.

Mi madre y Blake estaban sentados a la mesa, repasando los planos arquitectónicos de él.

—Mirad —les dije. Los dos se levantaron y alargaron el cuello.

—Pobre… —empezó a decir mi madre.

—Mila. Pobre Mila —la interrumpió Blake—. Por lo visto, se le aparece alguien. Yo solo veo la esquina de una calle. ¿Verdad que tú solo ves eso, Miriam?

Mi madre miró a Blake y luego al lugar donde se alzaba mi fantasma.

—Solo veo la esquina de una calle —dijo mi madre.

Blake se extrajo algo del bolsillo. Una cajita.

—He encontrado algo para ti —le dijo. Mi madre la abrió.

—Oh, ¡son preciosos! Mila, ven a verlos.

Un par de pendientes de plata. Parecían pesados y viejos.

—He tenido que convencer a la mujer de la tienda para que me los vendiera. —Agarró uno de la caja—. A ver cómo te quedan.

—Hace muchísimo tiempo que no me pongo unos. —Mi madre se ruborizó—. Me temo que los agujeros se habrán cerrado.

—Lo intentaremos —dijo Blake apretándole el lóbulo con el pendiente—. Ya casi está. Solo hay que empujar un poco.

Vi a mi madre poner cara de dolor y luego sonreír, con los ojos brillantes por las lágrimas.

—El otro —dijo Blake, y repitió la operación. Se limpió la sangre de mi madre de la mano—. Mírate, Miriam —exclamó—. Menuda maravilla.

Y acto seguido se giró hacia mí.

—Pobre Mila. Se siente excluida. —Barrió los alrededores con la mirada antes de agacharse. Agarró un puñado de amapolas de California y las arrancó de la tierra. Me las dio con las sucias raíces y todo—. Tu premio de consolación —dijo.

Volvía a estar a oscuras, volvía a estar en la granja. En cuanto se me tranquilizó el corazón y hube recuperado el aliento, me giré hacia mi cabaña. Durante años, había hecho lo imposible por vivir una vida normal, por olvidar las cosas que habían ocurrido, por dejar los recuerdos enterrados donde debían estar; lejos de la consciencia, ocultados y abandonados, incapaces de hacerme daño.

¿Por qué me pasaba ahora eso?

Oí el crujido de mis zapatos sobre la tierra, me recordé. Vi la luz de la lámpara. Un paso y otro, y pronto estaría a salvo.

Sin embargo, cuando giré el pomo de la puerta de mi choza, vi algo en el suelo, en el felpudo de paja.

Amapolas de California atadas con una brizna de hierba.

presiona con fuerza

Los días siguientes me lo pasé bien; me gustó la sensación de trabajar mucho, aprender a cosechar, el dolor que sentía en las piernas de tanto agacharme y arrodillarme. Los matorrales de arándanos de la granja y las vistas al océano, los aspersores que rociaban, los racimos de milenrama y las arvejillas que trepaban por las verjas con libertad. La hierba suave bajo mis pies.

A mediados de la semana, junto a los fresales, un gatito gris me tomó cariño y frotó la cabecita contra mis piernas.

—Ese es Tulipán —dijo Julia—. Todas las granjas necesitan gatos para mantener a raya a los roedores.

El jueves, Terry me enseñó a embalar las calabazas y a meter en cajas los cestitos de fresas. Antes de que anocheciera, me mandó a la galería de las flores, el dominio de Julia. Del suelo sobresalían hileras e hileras de flores, de todos los colores posibles: apagados y vivos, sutiles y llamativos. Me quedé sin aliento ante la belleza del conjunto. Nunca había visto unas flores como aquellas. Pétalos verdes diminutos con el centro rojizo. Capullos de un amarillo intenso y dorado. Debajo de las paredes blancas de aquella especie de carpa, el pelo de Julia resplandecía más blanco de lo habitual. Sostenía tijeras de podar en las manos enguantadas.

—Lo siento, queridas mías —dijo antes de cortar los tallos de las flores más bonitas que yo había visto hasta entonces. Lucían el color de los moratones. «Anémonas», me contó más tarde.

Noche tras noche, cuando caía la oscuridad, se me aceleraba el corazón. Pero no emergió ningún nuevo recuerdo, no me esperó nada junto a la puerta de mi choza. Los fantasmas se mantenían a cierta distancia y mi alivio estaba teñido de decepción, por más extraño que me pareciese. Y de nuevo me tumbaba bajo el cielo estrellado, despierta y temblorosa. «Son solamente recuerdos», me dije. Me dormía a ratos y me llevaba una alegría cuando se hacía de día.

Crucé el campo, nerviosa e inquieta, a última hora de la tarde de mi primer turno de cenas. Cuanto antes aprendiese cómo funcionaba todo, antes sentiría que formaba parte del grupo de verdad. Durante la jornada escolar, mientras Lee había escrito unas cuantas redacciones, me sorprendí mirando a la nada y me imaginé entrando en la cocina como si fuera mi territorio y cortando el pan como lo había hecho Liz.

Pero por el momento atravesé en silencio la puerta del recibidor y eché un vistazo desde el rincón para ver si había alguien allí. Liz levantó la vista de la mesa de la cocina y me saludó, y me pareció una tontería haber dudado. Ni siquiera había entrado y mi confianza ya se estaba tambaleando.

Aun así, sabía cocinar. Quizá no igual que los demás, pero lo suficiente como para apañármelas. No me pondría tan nerviosa así como así, decidí. Y entré en la cocina.

—Ven a ver lo que vamos a preparar —dijo Liz, y me uní a ella junto a la mesa.

Me explicó que Terry nos había dejado instrucciones sobre la mesa, páginas marcadas de un libro de cocina con las recetas que había elegido.

—A veces nos deja tarjetas con las recetas —me indicó mientras me mostraba una ficha manchada y doblada por el uso—. Esto es lo que toca hoy.

Se la arrebaté de las manos. Sopa de zanahoria.

—Preparamos un montón de sopa —dijo—. La sopa es fácil de hacer. Y ¿ves el cesto de allí, encima de la encimera? —Junto al fregadero vi una cestita con zanahorias y apios, y a su lado otra cesta llena de cogollos de lechuga, rábanos y cebollas—. Es para la ensalada. Directo del huerto.

—Increíble.

—Al final te acostumbras. —Se encogió de hombros—. Lo de hoy es sencillo. Suele serlo cuando Terry nos cede las riendas. Si le apetece cocinar uno de sus festines, se nos une y da órdenes sin parar. Pero luego permite que nos llevemos todo el mérito. ¿Estás preparada?

—Sí.

Nos pusimos a trabajar codo con codo sobre la encimera. Pelé las zanahorias acabadas de cosechar para la sopa mientras Liz cortaba los rábanos y las cebollas para la ensalada. Al principio no hablamos, y me pregunté si mi compañera no sentiría ningún interés por mí, si tener que cocinar conmigo en lugar de con Billy la había desilusionado. Me aclaré la garganta.

—¿Llevas un año aquí? —le pregunté.

Asintió.

—¿Todo el mundo lleva tanto en la granja?

—Lee llegó un par de meses después que Billy y que yo. Pero los demás sí.

—Parece un lugar tranquilo. O sea, todo el mundo se ve... majo.

—Sí —dijo—. Son majos.

Aguardé, esperanzada, pero no se explayó más. Terminé con una zanahoria y agarré otra. En el silencio que se había instalado entre nosotras, mi mente vagó hasta las amapolas que la noche anterior habían aparecido en mi puerta. Hasta los capullos, que tan suaves y livianos habían sido bajo mi mano cuando los levanté del felpudo. Tan inofensivos, tan desconcertantes. Después de cerrar la puerta con llave, miré por la ventana, convencida de que Blake se encontraría allí, observándome fijamente a los ojos. Y lo comprendí: había ido a vivir a un lugar maldito.

En ese momento, hice una mueca de dolor. Me salía sangre del dedo. Había bajado demasiado el pelador y me había cortado. No grité, no dije nada, tan solo me acerqué al fregadero para poner el tajo debajo del agua fría. Creí que Liz no se había dado cuenta, pero se esfumó rumbo al baño y reapareció a mi lado con una bolita de algodón y una venda. Me agarró la mano y me la secó.

—Cuando notes que te empieza a doler, presiona con fuerza y cuenta hasta diez —proclamó mientras apretaba la bolita de algodón contra el corte—. Uno… Dos… Tres… Cuatro… Cinco… Seis… Siete… Ocho… Nueve… Diez. —La miré a la cara, pero noté cómo el calor se adueñaba de la mía. Estábamos muy cerca. Bajé la vista hasta nuestras manos. Las dos teníamos las uñas cortas y muy bien limadas. Liz llevaba una cadena de oro en la muñeca. Yo no llevaba nada en la mía.

Apartó la presión. El algodón estaba rojo, pero el corte ya no sangraba.

—Nunca lo había oído —comenté.

—Me lo dijo Becky Anderson. —Me envolvió el dedo con la venda—. Mi madre de acogida número tres. Durante un tiempo, pensé que me quedaría con ella.

A continuación, me dio la espalda y terminó de cortar las hortalizas. Y yo quería preguntarle más cosas, quería confesarle que en una ocasión yo también había albergado la misma esperanza. «¿Como todos?». No lo sabía. Pero detecté algo en su postura, en el modo en que tarareaba una canción como para alejarse de mí, que me confirmó que el instante íntimo había llegado a su fin. Por lo tanto, había que volver a preparar la cena, sin hablar, salvo que fuera para referirnos a la receta.

Sin embargo, cuando todo el mundo se sentó alrededor de la gigantesca mesa de la cocina y empezó a tomar la sopa a cucharadas y a darnos las gracias, Liz me miró a los ojos desde su asiento y me dedicó una sonrisa que no era sino sincera. Cariñosa, incluso. Y pensé que quizá debería haberle hecho más preguntas, después de todo.

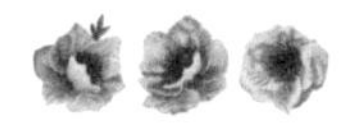

Era domingo, día de mercado. En la oscuridad que precedía al alba, me desperté al oír a Billy y a Liz pasar junto a mi cabaña. Volví a oírlos al cabo de poco —al cerrar las puertas de la camioneta, al encender el motor, al arrancar sobre la gravilla y marcharse— antes de quedarme dormida de nuevo.

Y entonces salió el sol y me desperté otra vez. Salí de la choza, fui a toda prisa hacia la bañera, donde dejé correr y correr el agua caliente, me quité el pijama y me metí. Me remojé mientras la niebla se espesaba en el cielo y el vapor se alzaba por todas partes.

Estaba más sola que nunca.

Pasado un rato, me envolví en la bata y regresé a mi habitación para encender un fuego. Había acabado acostumbrándome al montón de leños y ramas. El crujido del papel de periódico, el chasquido de la cerilla. Fui recuperando el calor poco a poco, y entonces miré el reloj y vi que todavía no eran ni las diez de la mañana. Todas las horas del día se extendían ante mí. Billy y Liz estaban en el mercado. Terry y Julia habían llevado a los demás al pueblo. Iba a necesitar algo con que mantenerme ocupada.

Me preparé el desayuno en la silenciosa cocina y decidí llamar a Karen. Había sido un apoyo constante durante tanto tiempo, la única persona en la que sabía que podía confiar, que me resultó extraño haber pasado tantos días sin oír su voz.

—Cuéntamelo todo —me dijo al responder.

Durante unos minutos, mientras le hablé de Lee y de nuestras clases, de la casa y de los animales, de los alumnos mayores y de los niños, me sentí menos sola.

—¿Qué tal con Terry y Julia?

—Son muy majos. Creo que no son de los que llaman mucho la atención hacia sí mismos. Solo se aseguran de que todos sabemos hacer nuestro trabajo y que los días transcurren según el programa.

—No recuerdo si te lo dije, pero hicieron muchísimas preguntas. Me parecieron algo intensos.

—¿Qué clase de preguntas? —Me extrañó un poco.

—No me acuerdo exactamente… ¡Ah! Ya sé. Fue Terry. «Hábleme de su resiliencia», dijo. «¿La describiría como una persona fuerte?». Nadie me había preguntado eso sobre uno de mis niños.

—¿Qué le contestaste?

—Le dije que, después de que tu madre y aquel hombre te sacaran de la escuela y te mantuvieran aislada durante un año entero, volviste a clase y sacaste buenísimas notas, y las seguiste sacando todos los semestres. Era obvio que buscaban a alguien excepcional, así que les dije la verdad: que eres excepcional, que eres resiliente, que eres increíble.

Al principio, me quedé sin habla. No había oído a nadie utilizar aquellas palabras para describirme.

—Gracias —logré decir.

—¿Y la granja es…?

—¿Si es qué? —la animé.

—¡No sé cómo preguntarlo! Es que… ¿Es tan estupenda como esperábamos?

—Sí que lo es —afirmé.

Lo dejé ahí, y Karen dedujo lo que quiso; que todo iba bien, que todo era seguro. Y tal vez lo fuera. No sé qué me impidió contárselo todo, pero es que me pareció mejor guardármelo para mí.

Le prometí que la llamaría pronto y luego fregué los platos del desayuno y me encaminé hacia la escuela.

Tardé dos horas en vaciar el armario de materiales de su contenido: papeles y disfraces, libros viejos y carpetas llenas de programaciones de clases, dibujos y *collages* descoloridos, co lecciones de transportadores y reglas y calculadoras. Había cestos con botones y cajas con hilos y tubos de pintura tan viejos que estaban duros como una piedra. Lo clasifiqué todo en montañas a lo largo de la estancia. Arrastré el cubo de la basura que había delante de la casa y lo llené con lo que no podía reutilizarse. Metí objetos dudosos en una cesta para que Terry los inspeccionara. En ese instante, cuando barrí la escuela con la mirada para evaluar mis avances, fue como si un huracán la hubiera arrasado. En cualquier momento regresarían y la encontrarían así, pero no podía dejarlo.

En uno de los rincones del armario encontré un tocadiscos y una caja con vinilos. Abrí la tapa y pensé que habría música, pero lo que hallé fueron grabaciones educativas, lo que parecían lecciones de expertos sobre varios temas. Al principio me decepcionó, tengo que admitirlo. Había imaginado que sería algo enternecedor en lo que podría zambullirme. De todos modos, le quité el polvo al tocadiscos y puse uno de los discos al azar.

Un chasquido. Una voz. «Bienvenidos a *Exploraciones oceánicas, una introducción a la oceanografía,* producido por National Geographic». De repente, ya no estaba sola. A medida que el narrador hablaba de corrientes oceánicas y de placas tectónicas, empecé a encontrar cierto orden. Los cestos y las cajas que antes se habían llenado de modo anárquico ahora estaban vacíos, así que seleccioné y reuní y los llené de nuevo, y los dispuse con cuidado sobre las estanterías del armario. El disco giraba y me enseñaba nuevo vocabulario —*surgencia, limnología, región abisal*— mientras yo agarraba docenas de lápices de colores desperdigados, les sacaba punta y los ataba con un cordel: ahora era un surtido completo. Los disfraces los alisé y los colgué en un perchero con ruedas al que antes había sido imposible acceder. Guardarlos me ofreció un destello del pasado. Habían representado *El mago de Oz* y *Alicia en el País de las Maravillas;* esas dos obras eran las más fáciles de identificar. Algunos de los disfraces debían parecer medievales, en tanto que otros tenían perneras de campana y flecos o motivos africanos. Hacía muchísimo tiempo que los habían olvidado. Podrían haber sido pasto del moho y de las polillas, pero no.

Pensé en los niños que los habían llevado. Me pregunté si de verdad habían formado parte de una familia, como aseguraba el artículo que leí. Me pregunté si tenían recuerdos felices de aquella escuela, si regresaban durante las vacaciones y se sentían como en casa allí. Estaba muy ensimismada en mis pensamientos, acariciando con las manos el peludo disfraz de un cachorro de león con una gigantesca melena marrón, cuando el disco se detuvo. La aguja se alzó y se movió hacia un lado, y el silencio que siguió me sobresaltó.

De pronto, en la escuela hacía frío, como si el frío y el silencio hubieran estado presentes en todo momento, acechando entre la lección grabada y mis movimientos diligentes, brevemente marginados por mi propósito.

Una sombra manchaba una de las paredes. Me quedé totalmente inmóvil, lista para que un recuerdo me embargara. Me pregunté qué ocurriría en esa ocasión cuando hubiera terminado.

Pero ningún recuerdo hizo acto de presencia.

Pensé en la cara de Lee y en su miedo el primer día de clase. Y luego pensé en su cuidada caligrafía y en las operaciones matemáticas que al final cobraron sentido. Pensé en la forma en que resolvimos el problema, a salvo en la escuela.

Quizá la sombra era tan solo producto de mi imaginación.

Me dije a mí misma que era eso.

Le di la vuelta al vinilo y seguí con lo mío hasta que la sala volvió a estar ordenada, con filas de pupitres despejados y un armario que invitaba a aprender y a jugar. Lo hice sin mirar por la ventana en ningún momento. Lo hice con el volumen del tocadiscos al máximo.

Cuando acabó el tercer disco, yo había terminado de etiquetar los estantes. Me quedé sentada en la ordenada escuela, leyendo una colección en tapa dura de los cuentos de los hermanos Grimm, a la escucha de las camionetas que se acercarían por el camino. Al final, oí ruedas sobre la gravilla y el chirrido de la verja.

Me reuní con ellos en el límite del campo. Los niños saltaron alegremente de una camioneta y luego de la otra. Lee me dio un abrazo rápido y fuerte antes de seguir a los demás hacia la casa, donde los mayores estaban preparando un poco de merienda. Terry y Julia me saludaron con sendas sonrisas. Los guie hacia la escuela y, cuando abrí el armario, me inundó la esperanza. «Soy buena», me dije. La prueba estaba en los estantes, en los espacios de tres dedos que separaban todos los cestos, en cada etiqueta escrita con esmero.

¿Lo verían?

Me di la vuelta.

—Quería enseñárselo por si querían que algo estuviese colocado de otra manera —dije, y esperé sus alabanzas.

—Vaya, fíjate —exclamó Terry. Pero Julia ladeó la cabeza, y Terry enseguida frunció el ceño. Empezó a hablar, pero se detuvo—. ¿Así es como has pasado el día? —me preguntó al final.

Asentí.

—Es tu día libre, Mila —terció Julia—. La próxima vez, vete de excursión. Túmbate en la hierba. Lee un libro o toca el piano o quédate en la cama y no hagas nada. No hace falta que tengas algo que enseñar los domingos. Los domingos son tuyos y solo tuyos.

—Ah —murmuré. Intenté tomar aire—. Vale.

Había regresado a la casa de Jonathan y Amy, y frotaba el fregadero hasta dejarlo impecable, hasta que Terry me puso una mano en el hombro.

—Mila, gracias. Me has quitado un gran peso de encima, me has ayudado mucho.

—Sí —dijo Julia, con voz más suave, y enlazó el brazo con el mío—. La escuela nunca había estado tan bonita. Y todos esos disfraces... Me había olvidado de la mayoría de ellos.

Acto seguido, cruzamos el campo, Terry y Julia y yo. Juntos, entramos en su resplandeciente casa.

Aquella noche, conocí al doctor Cole por primera vez. Llamó dos veces a la puerta de la cocina y entró con su maletín negro.

—¡Ha llegado la hora de los chequeos! —voceó desde la puerta.

—¿Es mi hermano? —gritó Terry desde su dormitorio.

—¡El mismo que viste y calza! —le respondió el doctor Cole.

Terry apareció en la cocina y los dos hombres se fundieron en un abrazo.

—¿Quién quiere ser el primero? —preguntó el doctor Cole. Siempre ansioso, Lee levantó la mano.

Se dirigieron a la habitación de Terry y Julia, y cerraron la puerta tras de sí. Los platos de la merienda estaban amontonados en el fregadero, así que me puse a fregarlos, y Julia enseguida se me unió.

—El doctor Cole es uno de nuestros amigos más íntimos —me contó con un trapo de cocina en el hombro—. Terry y él se conocieron en la universidad en primero de carrera. Son inseparables.

Con cuidado, le pasé a Julia una bandeja grande y mojada. Mientras la secaba con el trapo, me preguntó:

—¿Cuándo fue tu último chequeo médico?

—Hace unos pocos meses.

—Ajá —asintió—. Y ¿hay alguna receta que necesites tener firmada? ¿Algo que te preocupe o que quieras que te examine?

—No.

—Algunos de nuestros niños tienen problemas crónicos, por lo que el doctor Cole se pasa cada pocos meses por ellos, y hacemos chequeos anuales para los demás. El año que viene podrá examinarte el doctor Cole si quieres. Aunque muchas de nuestras chicas prefieren a una doctora. La doctora Harris del pueblo es buena profesional. Avísame si algún día necesitas una cita y la programaremos.

—Muy bien —le dije.

—Para lo que sea —añadió.

—Gracias.

Terminó de guardar los platos limpios y se apoyó en el fregadero, observándome. ¿Esperaba que yo añadiera algo?

—No me des las gracias —comentó antes de que se me ocurriera qué decir—. No para cosas como esta.

En ese momento, Lee salió disparado del dormitorio. Sus pies retumbaron por el salón hacia la puerta de la cocina, donde se detuvo con una sonrisa. Julia y yo dejamos lo que estábamos haciendo para fijarnos en su pelo castaño revuelto, su dentadura irregular; una paleta era grande, al lado de un agujero donde sobresalía un diente que ya no era de leche. Estaba muy orgulloso de sí mismo, muy contento. Corrió hacia nosotras.

—Bueno, ¿cómo ha ido? —le preguntó Julia.

—¡He crecido un centímetro y pico!

Me senté en una silla de la cocina para poder mirarlo a los ojos.

—¡Eso es mucho! —exclamé—. Dentro de poco tocarás el techo.

Echó la cabeza hacia atrás y se rio.

—Y… estoy sanísimo.

—¿Ningún problema respiratorio? —se interesó Julia.

—No.

—Cuánto me alegro —dijo.

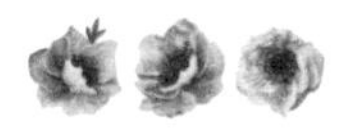

Más tarde, cuando los chequeos hubieron terminado y el doctor Cole salió de la habitación, me vio y me tendió la mano.

—Tú debes de ser la nueva Samantha.

¿Qué expresión mostró mi cara? No sabía que era tan transparente, pero el médico abrió los ojos como platos y negó con la cabeza.

—Qué cosa más rara acabo de decir. Dime cómo te llamas, amiga mía. Me muero de ganas de conocerte.

—Mila —dije.

—Un nombre precioso. Y eres la nueva profesora de Lee, ¿verdad?

—Sí —asentí—. Igual que Samantha. —No quería ser tan sensible. Intenté decírselo en plan broma, pero me salió con cierta amargura.

lecciones

En *Enseñar en la escuela: manual sobre la educación en la granja,* Terry y Julia escribieron que si los alumnos no se concentran es mejor trabajar con su energía, ser espontáneo y flexible, intentar cubrir sus necesidades. Así pues, cuando una mañana Lee se pasó toda la clase de Matemáticas moviéndose inquieto, le dije:

—Oye, parece que a tus piernas les apetece moverse.

—¡Pues sí! —Me sonrió—. Me están diciendo: «¡Porfa, porfa!».

El campo me llamó desde la ventana, enorme y verde y acogedor.

—¿Cómo de rápido se mueven? —le pregunté—. ¿Se mueven más rápido que las mías?

—Quizá —dijo con timidez.

—¡Hagamos una carrera!

Salimos a toda prisa por la puerta hacia el campo, contamos hasta tres y echamos a correr. Creía que yo sería más veloz. A fin de cuentas, era mucho más alta que Lee. Pero el niño salió disparado delante de mí y me llevó ventaja hasta que nos desplomamos, entre jadeos, en el límite lejano del campo.

Hicimos otra carrera y otra —me las ganó todas— hasta que nos quedamos agotados, y entonces nos tumbamos sobre la hierba.

—Lee —dije cuando hubimos recuperado el aliento—. ¿Conoces algún cuento?

—Claro —respondió—. Muchos.

—Se me ha ocurrido una cosa. Quizá deberíamos inventar nuestros propios cuentos, basados en nuestras vidas.

—¿Cómo? —preguntó.

—Escogemos algo que nos haya ocurrido, pero lo cambiamos un poco.

—Vale. Tú primero. Creo que ya lo he entendido.

—Muy bien —dije encima de la tierra, todavía fría y húmeda. Cerré los ojos y distinguí el sonido de las olas al romper. Los abrí de nuevo y vi una bandada de pájaros blancos que nos sobrevolaron silenciosos. Y en ese momento me vi preparada—. Había una vez una niña que creció sin padre, hasta que su madre se enamoró de un lobo.

Lee se giró. Supe que me estaba mirando. Pensé en qué decir a continuación.

—Se llevó a su hija a un lugar silvestre, pues ¿qué lobo ha vivido alguna vez entre cuatro paredes? La madre le decía: «Tienes que llamarlo *papá*. ¿Ves lo amable que es?». Y el lobo les dedicó una sonrisa afilada. Gruñó y la madre dijo: «¿Oyes lo amable que es? ¿Ves cuánto nos quiere?». Y entonces el animal le arrancó el corazón a la niña con los dientes.

Lee se incorporó en un santiamén.

—Ay, perdona —me disculpé—. ¿Ha sido demasiado terrorífico?

Se presionó las palmas de las manos. Se las colocó sobre el regazo. Se las volvió a presionar.

—No, no tengo miedo —dijo.

—Pero lo dejaré. Sé que no era una buena historia.

—No. Estaba muy bien. Puedes seguir. ¿Cómo termina?

Negué con la cabeza. No podía contárselo. Había pensado demasiado en mí misma y demasiado poco en él.

—Mira —dije—, te voy a contar una que es mejor. Una más alegre.

Asintió.

—Te quitaré todas las cosas malas de la cabeza.

De nuevo, se presionó las palmas.

—Gracias —susurró.

Casi me eché a llorar al ver cuánto lo había asustado. Iba a tener que ir con más cuidado.

—Veamos. Esta tiene lugar antes que todo lo otro.

Lee se tumbó de espaldas sobre la hierba.

—Por aquel entonces, mi madre era una muchacha de quince años.

—Como Emma.

—Como Emma —asentí.

—Perdona la interrupción.

Rodé de costado y le revolví el pelo. Lo hice como lo habría hecho una madre, en caso de que él todavía tuviera una.

—Por aquel entonces, mi madre era una muchacha de quince años. Como nuestra querida Emma. Conoció a un chico en una fiesta, y al poco se enteró de que... iba a tener un bebé.

—¿A ti?

—A mí, sí. No lo habían buscado, pero a veces la gente comete errores. Sabía que quería tenerme, pero no sabía si ese chico debía ser mi padre.

»Decidió ponerle tres pruebas. Si las superaba todas, la respuesta sería que sí.

»Lo llamó para preguntarle si le apetecía ir al cine, y sí que le apetecía. Él condujo hasta la casa de ella, vestido con ropa limpia, y llamó a la puerta delantera en lugar de esperar afuera. Esa era la primera prueba, y la había superado.

»Cuando llegó el momento de comprar las entradas, mi madre le dijo: "Te he invitado yo al cine, así que pago yo". El chico se guardó la cartera y sonrió y le dio las gracias. Esa era la segunda prueba, y también la había superado.

»En cuanto las luces de la sala se apagaron, la besó. Ella le devolvió el beso, pero se giró hacia la pantalla cuando empezó la película. Él le agarró las manos. "Veamos la peli", dijo mi madre. Ya sabía qué sensación le provocaban sus manos en el cuerpo. Necesitaba conocer otras partes de él.

»Cuando la película casi había terminado, mi madre supo que había llegado el momento de la tercera y última prueba. Buscó la mano del chico en la oscuridad y se la apretó. Quería saber si era un muchacho paciente. Pero en lugar de devolverle el apretón, la mano de él se quedó inmóvil sobre la de ella como castigo. Y, por tanto, después de que terminara la película, mi madre le dijo adiós y no volvió a verlo nunca más.

—Y ¿qué pasó?

—Su hija nació y fue criada por su madre y su abuela y su abuelo. Creció hasta ser una niña, y fueron mayormente felices la mayor parte del tiempo. La vida era sencilla y buena.

—Y ¿luego?

Pero no podía contarle el resto, por más que se desplegara en mi cabeza. Miré hacia el cielo y dejé que la historia continuara, pero solo en silencio, solo para mí.

Mi madre conoció a un hombre que vivía en una casa sin terminar, lo suficientemente fría en invierno como para que se pasara las noches bebiendo café en el restaurante en el que trabajaba ella. Noche tras noche, mi madre le rellenaba la taza. Encontraron sitios donde estar a solas, hicieron lo que hace la gente que está enamorada. Lo invitó a casa para que conociera a su familia. Él entró por la puerta, alto y fuerte con una camisa de franela verde que pretendía acentuar el color de sus ojos. Sonrió y aduló, pero mis abuelos vieron algo en él que les pareció sucio y peligroso, y pidieron a mi madre que no lo invitara más.

De ahí que ella decidiera irse con él. Y por la noche, a altas horas de la madrugada, discutió con mis abuelos a puerta cerrada. Las voces se fueron alzando, los silencios se fueron tensando, hasta que un día recogió sus cosas y las mías, y me llevó a una casa con lonas por paredes y con el cielo como techo y un hombre que iba a ser nuestra perdición.

Yo tenía trece años.

Pero eso no se lo iba a contar a Lee, por supuesto. Sabía que debía tener mucho cuidado con él.

—Fin —dije—. Te toca. Pero solo si quieres.

Lee barrió el campo con la mirada, más allá de los acantilados.

—Había una vez un muchacho que estaba asustado —relató muy deprisa—. Estaba asustado porque su madre se había convertido en un monstruo. Y quería comentárselo a su padre, pero su padre también era un monstruo. Así que se escondió durante mucho rato. Estaba oscuro. Nadie lo encontró y se quedó dormido.

«Ay, Lee». Le puse una mano en la espalda, entre los omóplatos. De haber podido, habría soportado el dolor por él.

—¿Cómo termina el cuento?

—Un día, unas cuantas personas lo encontraron, con linternas y con insignias, y lo llevaron de un sitio a otro, hasta que acabó aquí. O sea, hasta que acabó en una casa blanca bonita con un montón de gente maja. Y ninguno de ellos era un monstruo. Y vivió feliz para siempre. Fin.

Me escocían los ojos, pero parpadeé para contener las lágrimas, contenta por que no me estuviera mirando.

—¿Lo he hecho bien? —me preguntó.

—Sí —contesté—. ¡Sí! Lo has hecho bien. —Sabía que era demasiado pronto, tan solo nos conocíamos desde hacía unos días, pero se me llenó el pecho de amor por él. Creí que podría salvarnos a los dos. Y añadí—: Lee, se me ha ocurrido una cosa. Quizá... Cuando te sientas así a veces, cuando tengas miedo en el pecho y en el estómago, ¿por qué no pruebas a abrirle la puerta a lo que te da miedo? A prestarle atención. A reproducirlo en tu cabeza. Ahora estoy empezando a entenderlo, y creo que debemos enfrentarnos a las cosas que nos dan miedo para así poder pasar página. Tal vez sea la única forma de dejar de tener miedo.

Se puso de lado para mirarme.

—¿Lo has entendido? —le pregunté.

—No lo sé —respondió—. Creo que sí.

En ese momento, Julia cruzaba el campo en nuestra dirección para anunciar que terminaban las clases. Se cernió sobre nosotros —jefa, madre adoptiva, impulsora de nuestros finales felices— con su pelo cano y una sonrisa de oreja a oreja.

—Se acabó la clase. —Hizo repicar la campana y los tres nos echamos a reír.

—¿Te apetece ir a comer algo? —me preguntó Lee.

—Ve tú —le dije—. Yo voy a hacer cosas en la escuela. Nos vemos dentro de un rato.

De vuelta en la escuela, pensé en lo que podría hacer la semana siguiente para retener la atención de Lee. No podíamos pasarnos todos los días corriendo y contándonos cuentos. Quizá pudiéramos hacer la clase de Matemáticas de pie, alejados del pupitre. Quizá pudiéramos transformarla en un juego, con movimientos y recompensas. Lo planeé todo. Y luego me entretuve con el estante de las novelas, leyendo capítulos de unas cuantas para decidir cuál debíamos abordar a continuación.

Cuando terminé, cerré la puerta de la escuela y me dirigí a mi habitación.

Estaba cerca de la cabaña de Liz cuando oí algo. Al principio pensé que sería un gato o algún otro animal. Esperé en silencio, y entonces detecté un ruido más grave, y supe de qué se trataba. Billy y Liz estaban en la choza juntos, con la cortina corrida y la puerta cerrada. La oí gemir. No era un gato, en absoluto.

Di un paso adelante lo más sigilosa que pude. No era mi intención escucharlos, de verdad que no, pero tampoco quería que me oyeran en el camino y supieran que los había oído. Me encontraba muy cerca, a solo un paso de la choza, y las cabañas eran tan viejas y sencillas que oí chirriar los muelles de la cama al ascender y descender. No pude evitarlo: me imaginé su postura, me lo imaginé a él moviéndose dentro de ella, me imaginé las caderas y los pechos de ella, así como la expresión de los dos. Se me aflojaron las rodillas. Ahora hacían más ruido; oí cómo resoplaban, cómo se aceleraban los ruidos de los muelles, así que me apresuré hacia mi choza.

Me quité los zapatos junto a la puerta y salté sobre la cama, de repente vacía por dentro. La primera mañana, al encaminarme hacia la ducha, me había dado la impresión de que estaban juntos. Cada noche, cuando entraban en una cabaña o en la otra, lo hacían sin esconderse ni ocultar nada. Pero, aun así, yo no había sabido con certeza si era algo más que una amistad, y saberlo con seguridad me hacía sentirme estúpida.

Aunque no conseguí expulsar los ruidos de mi cabeza ni la imagen de ellos que había creado en mi mente. No quería expulsarlos.

¿Estaba mal pensar en Billy y en Liz de esa forma? ¿Estaba mal imaginármelos al bajarme los vaqueros y hacerme gemir como ellos?

Apoyé la cara en la almohada porque no quería que me oyeran. Afuera seguía siendo de día, y Billy y Liz estaban desnudos en su choza, y Julia se ocupaba de sus flores, y Terry seguramente calentaba el horno para la cena. Quizá los niños estaban jugando al corro de la patata. Quizá por el cielo revoloteaba una bandada de pájaros. Quizá los fantasmas se estaban despertando. Pero yo estaba sola en mi diminuta cabaña. Estuve sola en el clímax y sola en el estremecimiento.

Sola en el silencio que le siguió.

Aquella noche, me detuve frente a la puerta de la casona. Bajo la suave luz rosada, el campo brillaba con un verde intenso. Entre las nubes resplandecían los rayos del sol. Oí voces en el interior, animadas y relajadas por el inicio del fin de semana.

En cuanto entré, Billy me tocó el brazo.

—Mila, hola. Quiero enseñarte a preparar mantequilla. ¿Te interesa?

—Sí —respondí.

—Y luego cortamos las hogazas de pan las dos juntas. Te enseñaré todos mis trucos —se ofreció Liz con una calma que no era propia de ella. Apoyó la cadera en el armario y sonrió.

—Suena bien —dije.

—Primero, ve a la nevera y saca la botella de nata —me indicó Billy.

Hice lo que me pedía, agradecida por la ráfaga de frío que me dio en la cara. Cuando me giré, Liz me estaba observando.

—Te ocurre algo —dijo.

—No. Es que… me he pasado un buen rato programando una clase. Y luego me he echado la siesta. Supongo que estoy un poco atontada aún.

—Mmm —murmuró.

En la cocina estábamos los tres solos, me recordé. No había por qué complicar las cosas.

—¿Qué más? —le pregunté a Billy.

—La viertes en un frasco y te aseguras de cerrar la tapa fuerte. Y luego lo agitas. Eternamente.

Me reí.

—Me da que solo quieres que me encargue yo del trabajo. —Y los dos se rieron conmigo.

Liz se subió a la encimera de un salto; le colgaban los pies descalzos.

—Te ha pillado, Billy.

—No, es que es muy satisfactorio. Empieza siendo un líquido y se transforma en mantequilla. Es un milagro. —Utilizaba palabras hiperbólicas, pero supe que lo decía en serio. Liz puso los ojos en blanco.

Sacudí el tarro hasta que se me cansó el brazo, y luego cambié de mano y volví a sacudirlo. Al cabo de unos minutos, Liz se ofreció a relevarme. Le pasé el frasco y me fijé de nuevo en la cadena de oro que le rodeaba la muñeca, delicada pero valiosa.

—Tu pulsera es preciosa.

—Gracias. Me la regalaron Terry y Julia. —Al decirlo, no me miró a los ojos, y enseguida empezó a agitar la nata con fuerza.

—Recuerda dárselo a Mila antes de que sea demasiado tarde —le advirtió Billy. Liz me pasó el frasco, y experimenté el momento que había descrito él: pasé de estar agitando un líquido a que este se convirtiera en sólido dentro del frasco—. Ábrelo —me indicó—. ¿Ves eso más líquido? Es suero de mantequilla.

—Cómo mola.

—Y ahora metemos la mantequilla en una estopilla para presionarla y que suelte el resto del suero. Después llega mi parte preferida: echarle la sal. Muchísima sal. Mucha más de la que crees que es necesaria.

Qué sencillo, pensé. *Qué fácil es todo*. Estar con ellos. Aprender los simples trucos de cortar el pan (un cuchillo dentado bien afilado, un agarre firme, un movimiento oscilante adelante y atrás, no tanto hacia abajo). Ver a Billy agarrar sal marina gorda a cucharadas y echársela a la mantequilla.

—Oye —exclamé cuando cerró el bote de la sal—. Tu pulsera… es idéntica a la de Liz.

—Ah —dijo—. Sí.

—¿Terry y Julia? —le pregunté.

—Terry y Julia —asintió. Miró hacia Liz. Los dos estaban tristes, y no supe por qué.

Liz fue a por la campana que colgaba de la cocina y la hizo sonar. Todo el mundo llegó en un abrir y cerrar de ojos, y se sentaron alrededor de la mesa. Terry abrió la puerta del horno para sacar las *frittatas* que había cocinado: huevo y patatas para los tiquismiquis con la comida, hierbas y queso de cabra y champiñones para los demás. Me senté en el banco junto a Lee.

La pequeña Blanca se colocó a mi lado de un brinco.

—Muy buenas —le dije.

—Quiero pan.

—Enseguida. —Puse una rebanada en su plato.

La pequeña extendió los brazos para agarrar la mantequilla, y me alivió ver que no llevaba nada en las muñecas, que no todos lucían ese regalo menos yo. Le puse un poco de mantequilla en la rebanada, pero al observar su rostro contento atisbé el destello de un collar dorado.

—Gracias —dijo con la boca llena.

—De nada.

Delante de mí, Hunter se sirvió ensalada con una pulsera de oro en la mano. Emma llevaba muchos brazaletes en las muñecas. Pero nada en el cuello. Aunque cuando se pasó el pelo detrás de la oreja vi un anillo de oro en su mano derecha, un anillo delgado y sencillo, y entonces lo supe. Jackson llevaba un colgante metido por debajo de la camiseta, pero reparé en él. Un colgante para Darius. Una pulsera para James. Mackenzie llevaba un anillo, igual que Emma.

Al final, mis ojos se desplazaron hasta Lee. *Él también no*, esperé. Y no, él no. Lo conocía lo bastante bien ya: la delgadez de sus muñecas, la curva de su cuello, la desnudez de sus dedos. Por lo tanto, éramos Lee y yo. Los únicos dos que todavía no formábamos oficialmente parte del grupo. No supe cómo interpretarlo. Lee llevaba mucho tiempo allí.

—¿Queso de cabra y hierbas? —me preguntó Terry por encima del hombro. Respondí con un asentimiento.

—¿Y tú, jovencito?

—Yo también la probaré. Ya que Mila la come —dijo Lee.

Agradecí tener a Lee a mi lado. Ahora que estaba al corriente de lo de las pulseras y los anillos, notaba la desnudez de mis muñecas y mi cuello y mis dedos. Aunque me dije a mí misma que no pasaba nada, que solamente llevaba unas cuantas semanas allí, me sentí avergonzada de todos modos. Terminé poniéndome las manos en el regazo cuando no estaba utilizando el cuchillo y el tenedor. Me cubrí el cuello con el pelo para ocultar su desnudez.

—Hoy la mantequilla la ha hecho Mila —anunció Liz.

—¡No me digas! —exclamó Julia—. Está buenísima.

Asentí, pero quería que me quitaran los ojos de encima, por más amistosa que fuera su expresión, por más inocente que fuese su atención. Tan solo pensaba: *Mirad a Mila. La que no sabe nada. La que no es una de los nuestros*. Agarré la mano de Lee por debajo de la mesa. Me sonrió y me dio un apretón. Por lo menos lo tenía a él. Por lo menos éramos dos.

Más tarde, después de que recogiéramos los platos y de que los mayores se pusieran a fregarlos y secarlos, encontré a Lee en el salón, mirando por la oscurecida ventana.

—¿Qué te pasa? —le pregunté.

—Es mi fantasma. Está poniendo muecas muy feas.

En cuanto miré por la ventana, el fantasma se giró y desapareció. Era mucho más bajito que Lee. Si era humano, no debía de tener más de cinco años.

—Lee, ¿a qué te refieres con lo de «mi fantasma»?

Se volvió hacia mí, como si estuviera sorprendido. Como si no se hubiera dado cuenta de que estaba hablando conmigo.

—Ah —murmuró—. Es que… me persigue. Creo que le caigo bien.

—Bueno, no me extraña nada. —Le revolví el pelo—. ¿A quién no le caerías bien?

Intentó sonreír, pero estaba reprimiendo las lágrimas, y giró la cabeza para que no lo viera.

—¿Quieres que te lea un cuento? —le propuse, pero negó con la cabeza.

—Creo que me iré a dormir ya.

—Vale.

Me dio un rápido abrazo y subió las escaleras.

Al cabo de unos días, Lee y yo estábamos solos en la escuela. Billy había salido con los pequeños a dar un paseo por la naturaleza y, como Terry y Julia habían ido a ver a Ruby y a Diamond —las gemelas que pronto vivirían con nosotros—, los mayores convencieron a Liz para dar clase en el salón.

Habíamos terminado las mates y la lectura, y había llegado la hora de dibujar. Juntos, leíamos un libro para aprender la perspectiva del punto de fuga.

El uno al lado del otro en la gran mesa, repleta de grandes hojas de papel y de ceras pastel, Lee dibujaba una habitación con techo, paredes y suelo. Todas las líneas eran meticulosas. Y yo también estaba siendo meticulosa. Pensé en los cuentos que nos relatamos en el campo, en el fantasma de la ventana, en el modo en que se replegaba cuando tenía miedo. Se me había ocurrido un plan para ayudarlo, y requería que yo fuera valiente.

Así que dibujé una calle, flanqueada por aceras, que se estrechaba en la distancia. Noté un temblor en la mano y me detuve para leer en voz alta lo que decía el libro de la profundidad y la escala.

—Sigamos dibujando —le indiqué—. Llena la habitación de cosas.

Lee añadió una mesa y sillas y luces. Libros y plantas y personas. Y yo añadí mis propios detalles. Cables de teléfono salpicados de pájaros. Una ventana desde la que se veía a un padre y a un hijo haciendo un puzle.

Estaba dibujando lo que veía desde la casa sin terminar.

Me temblaba la mano, esa vez no podía parar, y la cera se me escurrió de los dedos. Me dio miedo que recordarlo fuera a engullirme por completo. Pero Lee se apartó de la mesa, se agachó y reemergió con mi cera. Se la agarré de la mano mientras volvía a sentarse.

—Tu dibujo pinta muy bien —dijo—. Sigue, sigue.

Ahora le estaba añadiendo color al suyo, apretaba la cera con cuidado y la difuminaba con el dedo. Casi me puse a llorar al verlo. Con qué facilidad me había traído de vuelta. Qué segura y fuerte me sentía al tenerlo a mi lado.

—¿Quieres saber una cosa? —le pregunté mientras esbozaba una silueta en mi folio con renovada confianza.

Entusiasmado, Lee asintió.

—Muy bien. Pero antes te haré una pregunta. ¿Habías visto fantasmas antes de venir aquí?

—No.

—Bueno, pues yo sí. Solo uno. Era mi propio fantasma y sabía cómo se llamaba y todo.

—¿En serio?

—Sí.

—Vaya —murmuró. Seguimos dibujando un rato en silencio antes de que él lo rompiera—. ¿Me lo vas a contar?

—Claro. Se llamaba Lorna. Se aparecía en la esquina de la calle que daba al sitio donde vivía yo.

—¿Qué hacía?

Le conté los detalles: el camisón, los ojos.

—Básicamente, merodear por ahí. Llevaba distintas cosas en las manos. Miraba fijamente en mi dirección.

—Entonces, no hacía gran cosa.

—No, la verdad es que no.

Mi dibujo estaba acabado. Incluía a Lorna, mi fantasma, sujetando las flores de plástico. La había retratado lo mejor que pude. Era un puñado de trazos sobre una página, nada más.

Lee se estremeció.

—¿Te da miedo? —le pregunté.

—No —se apresuró a responder.

—No pasa nada si te da miedo. —Había llegado mi momento. Reflexioné, respiré hondo y comencé—: Me pasé mucho tiempo, años y más años, intentando olvidar todo lo que me daba miedo. Y entonces, mi primer día aquí, me senté a tu lado, precisamente en esta silla, y te conté un secreto de mi pasado.

—Los agujeros de las orejas —recordó Lee.

—Sí. —Se inclinaba hacia mí con un surco de preocupación entre las cejas—. La cuestión es —proseguí— que estoy aprendiendo que es bueno pensar en lo que te da miedo. Arrojarle luz. Incluso sostenerlo con las manos, si puedes, y notar que ya no puede hacerte ningún daño. Meditarlo y decir: «No me da miedo».

Lee me observaba con suma atención. Supe que me había comprendido.

—Al mirarlo de frente, le arrebatas su poder.

—Entonces, ¿debería mirar a mi fantasma?

—Sí —asentí—. Y a otras cosas también. Te lo voy a enseñar. —Inspiré una bocanada de aire y percibí cómo se me aceleraba el corazón—. Cuando vi a Lorna, yo vivía en un lugar muy malo. Fue una época muy dura. Una época muy mala. Fue… —Cerré los ojos y solté un lento suspiro—. Al principio, me daba miedo verla, pero cuanto más la miraba, menos espeluznante se volvía. Y aunque todo lo demás era duro, aunque todo lo demás era malo, ella era solo ella, y al final encontré consuelo en su presencia.

Me sentí más tranquila, respiraba con facilidad de nuevo.

—¿Entiendes lo que te digo, Lee?

—Creo que sí —dijo—. Es que…

—¿Qué pasa, Lee?

—Nada.

—A mí me lo puedes contar. —Le puse una mano en el hombro y le sonreí.

—Es que… —repitió—. Con Samantha nunca fue así.

—¿Así, cómo?

—Samantha nunca me hablaba de su vida. Solo me daba clase.

Me ardían las mejillas. Hasta mí llegó una imagen de Samantha, una muchacha segura de sí misma, una muchacha de trato más fácil y mejor que yo, sentada al lado de Lee y ayudándolo a aprender. Seguramente confiaba lo bastante en ella como para cometer errores. Pero ¿qué era lo que intentaba decirme? ¿Estaba contándole yo demasiadas cosas?

Tan solo intentaba ayudarlo. Lo ayudaba de la mejor manera que sabía. Le quité la mano del hombro. Me aparté un poco. Endurecí la postura e intenté pensar en algo que decir, pero no se me ocurrió nada.

—No lo digo como si fuera algo malo —saltó.

«¿Sería verdad?».

—Ay, ay. Creo que no me he expresado bien —añadió—. Samantha nunca se preocupó tanto por mí. Eso es lo que intentaba decir.

Clavé los ojos en él, en su rostro erguido, en sus ojos marrones, abiertos y confundidos y preocupados. Podría haberme echado a llorar de alivio. No había sido más que un malentendido. Estaba siendo demasiado sensible otra vez.

Exhalé, mi cuerpo se suavizó.

—Ay, Lee —dije—. No pasa nada.

—Perdona si has pensado…

—No hace falta que digamos nada más al respecto.

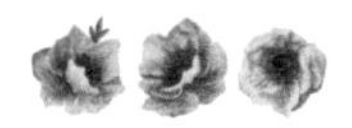

Aquella noche, después de cenar, Julia me pidió que la acompañara a la galería de las flores.

—Debo enseñarte más nombres —dijo—. No disponemos de mucho tiempo antes de que sea demasiado oscuro, pero tengo que cortar flores para la cena de un amigo en el pueblo. Mientras tanto, aprovecho y te enseño. —Entramos en la galería, toda luz y color y fragancia—. ¿Te acuerdas del nombre de esas? —me preguntó señalando las flores de color morado que en otra ocasión me habían maravillado.

—Anémonas —respondí.

—Así me gusta.

Me enseñó los crisantemos, las dalias, las cinias.

—Es todo lo que te pido que recuerdes hoy —me dijo—. Con el tiempo, unas cuantas cada vez acaban calando. Ahora ayúdame a cortarlas. Los mejores momentos para recogerlas son a primera hora de la mañana y de la noche. El calor del día las deja conmocionadas, acorta sus vidas. Queremos que una vez cortadas duren varios días, o quizá más incluso.

Con un par de tijeras afiladas en la mano, corté por donde me dijo y coloqué los tallos en cubetas con agua. Nos afanamos en silencio durante un rato, hasta que le confesé:

—Leí un artículo sobre ustedes en el periódico.

—¿Cuándo?

—Antes de llegar aquí. Un artículo de hace mucho tiempo.

—Les gusta romantizarnos —comentó.

—Como si fuera un cuento —murmuré, más para mí que para ella.

Pero me oyó y estuvo de acuerdo.

—Como si fuera un cuento. Exacto. Los cuentos están repletos de niños huérfanos y maltratados. Las películas los romantizan, pero las historias originales no. Y no hay nada romántico en el hecho de darle un hogar a jóvenes que lo necesitan. Es una necesidad, y es algo que a Terry y a mí se nos da bien.

—Se trata de un cuento nuevo —dije—. Pero que tiene fantasmas.

Se apartó un bucle blanco de la frente con una mano enguantada e hizo una pausa.

—¿No hay fantasmas en los cuentos? —Pensé y pensé, y no se me ocurrió ninguno. Ni en *Blancanieves* ni en *La Cenicienta*. Ni en *La bella durmiente* ni en *El enano saltarín* ni en *Rapunzel*. Ni en *Las doce princesas bailarinas* ni en *La pastora de ocas*.

Estaba cayendo la noche. Pronto sería demasiado oscuro como para que siguiéramos cortando y llenando las cubetas.

Julia se limpió las manos sobre el mandil de trabajo.

—Bueno, ahora cargamos la carretilla y las metemos en la nevera. Durante la noche se enfriarán y mañana, a primerísima hora, prepararé los ramos.

Juntas transportamos las cubetas de flores hacia la gastada carretilla, de madera y de metal oxidado, y colocamos todas los que pudimos. La seguí alrededor de la galería y hacia la parte trasera de la casa, hasta que llegamos a un cobertizo que albergaba un frigorífico. Después de disponer las cubetas en los estantes, hicimos otro viaje con el resto de las flores, y al poco habíamos terminado.

Cerramos la puerta del cobertizo y nos dirigimos hacia la casa. Mientras caminábamos, me fijé en todo lo que nos rodeaba. En el aire frío y húmedo. En los dos niños fantasmas que fingían estar de picnic en el campo. En la oscuridad y en el cielo y en la luna sobre las rocas.

—¿Entras? —me preguntó Julia junto a la puerta lateral.

Negué con la cabeza.

—Pues buenas noches, Mila —me dijo.

—Buenas noches.

El verano se iba marchando, los días seguían siendo calurosos, pero las noches eran ya más frías, y si bien hacía unos instantes el cielo había estado despejado, cuando me encaminé hacia el extremo del campo apareció la niebla. Deseé haber pensado en pillar una linterna, pero me dirigí hacia el establo y entré. Palpé por la puerta interior en busca del interruptor y lo encontré, pero me detuve antes de pulsarlo. ¿Qué pensarían los demás al ver que la escuela se iluminaba de pronto? Quería estar a solas, sin nadie que me molestara. Por lo tanto, esperé a que se me acostumbraran los ojos a la penumbra antes de ir hacia el armario, donde había una cesta llena de velas de cera de abeja, con los portavelas almacenados en otro cesto. Junto a la estufa de madera había una caja de cerillas. Prendí una y encendí una vela, que dejé sobre la mesa.

Me senté a solas en la quietud.

—Un hombre normal y corriente no solamente paga la luz y el gas y el agua —nos dijo Blake una mañana.

El verano había terminado, pero no me habían enviado de vuelta a la escuela. Las dos, mi madre y yo, tuvimos que desaprender lo que nos habíamos pasado la vida aprendiendo. Blake nos ayudó. Nos enseñaba las nuevas lecciones por la noche, por las mañanas cuando mi madre regresaba de trabajar con los pies doloridos y los ojos cansados, alrededor del fuego y dentro de su casa sin terminar.

—Un hombre normal y corriente también paga el internet —continuó—. ¡Paga la televisión por cable, por el amor de Dios! ¡Porque necesita más y más y más! Como si alguien fuera capaz de ver cien canales. ¿Qué clase de vida es esa? Pegado a una caja que te muestra imágenes. Que te dice cuándo reír y a qué tenerle miedo. Un hombre normal y corriente vive de esta forma porque ha perdido la intuición de nuestros antepasados. Lo único que hace falta para vivir es esto. —Levantó los dedos y los colocó sobre la muñeca de mi madre. Esperó, esperó, y luego asintió.

La soltó y me agarró la muñeca con aquella mano tan áspera.

—¿Alguna vez te has tomado el pulso, Mila? —me preguntó. Hablaba ahora en voz más baja, como si aquellas palabras fueran solo para mí.

—No me acuerdo —contesté.

—Lo noto —susurró—. Pum. Pum. Pum. Venga. Inténtalo.

Me puse los dedos donde los había colocado él, pero no sentí nada.

—Sigue intentándolo —me dijo.

Moví los dedos. Apreté con más fuerza. Cuando levanté la vista, sus ojos verdes me estaban contemplando.

—No pasa nada, cielo —comentó con gran amabilidad—. Ya lo encontrarás. Te lo veo: tu intuición no está enterrada a gran profundidad.

—¿Qué pasa conmigo? —Mi madre se rio—. ¿Soy un caso perdido? —Pareció una broma, pero yo sabía que no lo era.

—Ay, Miriam —murmuró Blake, y apartó la mirada.

—¿Qué pasa? —le preguntó ella.

—No debería decírtelo. No nos preocupemos.

—¿El qué no deberías decirme?

—Es que... —Volvió el rostro hacia el cielo. La miró y cerró los ojos muy fuerte, como si lo que estuviese pensando le hiciera daño—. Tienes un déficit —dijo al fin—. Pero confiemos en que todo salga bien.

—¿A qué te refieres con que tengo un déficit?

—No tenemos por qué hablar de esto, cariño.

—Blake —insistió—. Quiero saberlo.

—Bueno, pues verás. Es una triste verdad, pero no podemos cuestionar a la ciencia. Los adolescentes (no solo tú, Mila, sino todos los demás) tienen problemas para regular las respuestas emocionales. Es por la amígdala, ¿sabes?, que es una parte del cerebro, y por cómo interactúa con el córtex frontal. Se trata del equilibrio entre emoción y razón. Es donde reside la intuición. Debes encontrar el equilibrio. Pero si una chica se queda embarazada siendo adolescente, cuando su amígdala todavía no está formada del todo, las hormonas del embarazo toman las riendas durante los años más cruciales, los años formativos.

—¿Y qué pasa entonces? —preguntó mi madre. Supe que estaba preocupada, lo veía en su cara.

—Que quizá nunca desarrolles la intuición necesaria para existir como persona independiente en el mundo. Tú nunca lo has sido, Miriam. No es tu culpa. Son las cartas que te repartieron. Cuando me dijiste que tenías una hija, pensé en alejarme. Me he pasado muchas noches meditándolo. No por la responsabilidad de ser un padrastro, que no es insignificante, sino por los déficits que provoca tener un hijo siendo adolescente.

Mi madre estaba sentada muy quieta, con las manos en el regazo.

—Pero ¿acaso no tienen que crecer más rápido? —intervine.

—Es un error muy habitual —respondió—. A ver, sí, algunas dejan el instituto y entran antes en el mundo laboral. Pero ¿eso es crecer? No creo. Es un problema químico. Las hormonas del embarazo y las hormonas de la adolescencia colisionan. Y ese choque tiene toda clase de efectos secundarios en el cerebro. De verdad, Miriam. A veces quizá parezca que te trato con dureza, pero es que es un milagro que estés tan bien como estás.

En ese momento, mi madre irradió esperanza. Blake la rodeó con el brazo y ella apoyó la cara en su pecho. Vi que en ese gesto hallaba consuelo. Yo estaba helada y confundida, y quería ser la persona a la que recurriera mi madre. Quería que me abrazara durante toda la noche como hacía cuando era pequeña.

—Las dos tenéis suerte de estar aquí conmigo —añadió Blake—. Yo cuidaré de vosotras. Y esta es una propiedad especial. Un lugar especial. Hace muchos años, estaba frente al mar. Joder, tal como va el calentamiento global, tarde o temprano volverá a estar frente al mar.

Mi madre no dijo nada. Seguía apoyando la cabeza en el pecho de él. «¿Frente al mar?», pensé. No parecía probable. Nos separaban varios pueblos de la ensenada, por no hablar del océano. Vi que Blake me estaba mirando. No dije nada.

Al cabo de unos días, pisé algo afilado. Me hizo un corte en la suela del zapato y también en el dedo.

Una concha, justo ahí, entre la suciedad.

Blake sonrió.

—No dudes de mí, Mila —dijo.

Me palpitaba el cuerpo con energía cuando me marché de la escuela. Veía sin problemas en la oscuridad aun sin contar con una linterna para guiarme. Cuando inhalaba, notaba el sabor del aire y del océano y de la hierba. Sentí la suavidad del jersey contra la piel, el frío de la noche, el pisoteo de mis pies contra el suelo. Los latidos de mi corazón formaban su propia música.

Los fantasmas brillaban a lo lejos, pero no les presté atención. Avancé sin detenerme, con zancadas grandes y decididas, hasta dejar atrás la casa principal rumbo al huerto, que crucé hasta llegar a los fresales. El cielo estaba despejado, la luna brillaba lo suficiente como para que atisbara los frutos que se ocultaban entre las hojas cerosas. Tallos retorcidos, frutos en mi palma.

Sabían a azúcar y a la tierra de la que habían salido. Eran suaves entre mis dientes, y dulces. Me metí uno en la boca, me tumbé de espaldas entre los fresales y dejé que mi cuerpo se fundiera con el frío suelo.

El cielo negro estaba salpicado de diminutas estrellas resplandecientes; había más y brillaban más de lo que nunca había visto.

Pum, pum, pum, me latía el corazón.

No me daba miedo nada.

En cuanto comí hasta llenarme y me dispuse a regresar, una luz se encendió entre la espesa niebla. Un salto y una pirueta. La fantasma bailarina, a varios metros todavía, pero más cerca que nunca de mí. Me detuve para observarla

—éramos milagros, todos nosotros—, pero su luz me hería los ojos y tuve que girarme. Otra silueta, que no brillaba, estaba apoyada en la pared de la segunda cabaña.

—Ey, Mila —me saludó cuando me aproximé.

—Hola, Billy —dije, sorprendida por la clara ligereza de mi voz.

—¿Todo bien? —me preguntó.

—Sí.

—Estupendo.

Levanté la mano como gesto para despedirme; él asintió y entró en la choza. Fui directa hacia el baño para prepararme antes de ir a la cama y, por último, me encaminé hacia la puerta de mi cabaña.

Nada más atravesarla, la euforia me abandonó. Su lugar lo ocupó un dolor —desde las caderas hasta las costillas, pasando por el hombro—, un dolor que recordaba de haber dormido en el duro suelo de la casa de Blake. Noté una punzada en el pie. Me lo toqué y percibí humedad entre los dedos. Vi una medialuna de sangre en el lugar donde me había cortado con la concha de Blake.

Seguí los pasos para encender un fuego. Me presioné un pañuelo contra el corte para que la sangre se coagulara. Me metí en la cama con un estremecimiento. Me froté la dolorida cadera. Me froté el hombro. Cerré los ojos y vi a Blake. Me pregunté, una vez más, si su fantasma me había seguido hasta allí.

Busqué algo que me diera consuelo, pero ni siquiera la luna era visible en el cielo, de tan espesa como era la niebla. Las lágrimas humedecían mi almohada.

Deseé que mi abuela estuviera allí para cantarme, para frotarme la espalda en círculos como solía hacer.

—*There's a somebody I'm longing to see** —canté para mí al final.

Recordaba todas y cada una de las palabras.

Canté hasta que terminó la canción, y luego la canté nuevamente.

---

* Nota del T.: «Hay cierta persona a la que deseo ver», de la canción *Someone to Watch Over Me*, de Ella Fitzgerald.

celebración

Me desperté cuando alguien llamó a la puerta de mi cabaña. Era por la mañana, y al levantarme de la cama me sorprendió que el dolor que sentía en el costado perdurara incluso a plena luz del día. Me miré el pie: un punto de sangre seca, pero nada más. No supe cómo interpretarlo, no supe qué pensar al respecto.

Antes de abrir la puerta, me miré en el espejo y me peiné el pelo, aliviada al percatarme de que seguía pareciendo yo misma.

Lee se encontraba al otro lado de la puerta, con una sonrisa y una bandeja de desayuno en las manos.

—¡Feliz cumpleaños! —exclamó—. Ahora me llevas toda una década.

—Y ¿me has traído el desayuno a la cama?

—Me envía Julia. Te ha preparado tortitas y tocino. Y también me ha dado un plato para mí, pero me ha dicho que no me quede demasiado rato porque a veces a la gente le gusta pasar una mañana tranquila el día de su cumpleaños. —Su sonrisa se ensanchó—. Pero, bueno, es que es sábado. Así que, si no te apetece pasar una mañana tranquila, me quedo aquí tanto tiempo como quieras.

—Entra —le dije entre risas; ya a duras penas sentía dolor alguno. Estaba llena de luz. Lee y yo estábamos en mi choza diminuta—. Ahora enciendo la estufa.

—Haremos un picnic aquí dentro.

—¡Suena maravilloso!

Apilé los leños y arrugué el papel de periódico sin dejar de sonreír durante el proceso, y cuando me giré vi que Lee había colocado la bandeja en la alfombra que había junto a la cama. Dos platos llenísimos y una jarrita con sirope. Mantequilla en un platito. Un vaso de leche. Una taza de café con espuma.

Me senté enfrente de Lee sobre la alfombra. Él llevaba puesto el pijama y yo, mi camisón. La habitación olía a arce, y la noche anterior se había esfumado.

—¿Le apetece un poco de sirope, señora? —me preguntó Lee con un acento formal e inidentificable agarrando delicadamente la jarrita con dos dedos.

—Sin duda alguna, amable señor —respondí, y me sirvió, y nos lo comimos todo hasta que estuve llena, y me sentí como una chica de una novela o de una película. Me sentí como una chica de otra época. Y en todo momento me dije: «Recuerda esta sensación. Lo perfecta que es. Recuerda el rostro amable de Lee y sus educados ademanes. Recuerda el sirope de arce y la sal. Recuerda el calorcito del café sobre la lengua. El chisporroteo del fuego, el resplandor de la estancia de buena mañana cuando solo estáis Lee y tú, y el mundo es un lugar seguro».

—Julia me ha dicho que te dejara descansar. Y que no hace falta que hoy eches una mano con la cosecha. Así que si quieres me voy y me llevo esto, y podrás leer o dibujar o... ¡hacer lo que te venga en gana!

Apiló los platos y los cubiertos, puso las dos tazas sobre la bandeja. Me quedé mirando su expresión a la expectativa; supe que esperaba que le dijera algo.

—O... —murmuré— quizá podrías volver dentro de un rato y nos vamos por ahí a explorar.

—Si estás segura, vale. —Lee resplandecía.

—Estoy segura.

—Julia me dijo que me asegurara de que estabas segura.

—Estoy segura de estar segura. Deja que te abra la puerta.

Lee salió con la bandeja entre los brazos.

—¡Vuelvo enseguida!

—Aquí estaré —le dije. Antes de cerrar la puerta, oí el traqueteo de la furgoneta, vi a Billy y a Liz alejarse por el camino de tierra hacia la autopista. Conducía Liz. Billy me vio y me saludó desde el asiento del copiloto, y le devolví el saludo, nostálgica a pesar del plan que había hecho con Lee, deseosa de que por lo menos me hubiesen invitado a ir a dondequiera que fueran.

Aquella tarde volví a pensar en Billy y en Liz, cuando Lee y yo regresamos de una caminata por las colinas que se alzaban detrás de la granja y vimos que la furgoneta todavía no había vuelto.

—¿Qué te apetece hacer ahora? —me preguntó Lee. Estábamos sentados en la hierba, cerca de las hileras de hortalizas, para recuperar el aliento—. Podemos dibujar o contarnos cuentos otra vez, si quieres.

—No —respondí con un nudo en la garganta—. Hoy no me apetece recordar nada. Solo quiero quedarme aquí.

—Lo entiendo. —Lee me agarró la mano.

Me quedé mirando nuestros dedos entrelazados y recordé la furgoneta.

—Lee, tú no llevas anillo ni pulsera ni colgante.

—Ya lo sé. Quiero uno.

—Yo también quiero uno.

—¿Cómo los vamos a conseguir?

—No lo sé.

Un pájaro revoloteó por el cielo. Tulipán salió disparado por delante de nosotros para perseguir algo entre las verduras.

—Este sitio... —dije.

—Sí —asintió. Y se tumbó de espaldas. Yo hice lo propio. Allí solo estábamos Lee y yo bajo la luz del sol, nuestros cuerpos contra la hierba, sin saber qué significaba nada de aquello.

En la casa reinaba un extraño silencio cuando entré por el recibidor para la cena. Pero detecté vida, oí los débiles ruidos de alguien que respiraba. Colgada en la puerta que separaba la cocina y el salón había una pancarta que decía: «FELIZ CUMPLEAÑOS», cada una de cuyas letras estaba cosida a una pequeña banderola. Por segunda vez aquel día, la alegría me inundó el corazón. Pasé por debajo de la pancarta y eché un vistazo al rincón de la sala.

Ahí estaba todo el mundo, congregado junto al piano. Lee y Terry y Julia. Billy y Liz. Emma y Jackson y Hunter. Los pequeños Darius y Blanca y Mackenzie y James.

—¡Sorpresa! —gritaron todos. Los niños se echaron a reír; me costaba creer que se hubieran quedado tan quietos y callados incluso durante unos instantes. Lee daba brincos sin parar con una sonrisa en la carita.

—Diecinueve. —Julia negó con la cabeza como si se tratara de una proeza colosal, como si me hubieran conocido desde que era una niña. Cuando se adelantó para darme un abrazo, me permití imaginar (solo durante unos segundos, solo mientras duró el abrazo) que Terry y Julia tenían un álbum de fotografías de mí, que había vivido en la casona de pequeña, me había bañado en la bañera de arriba, había aprendido a leer y a poner la mesa, había crecido delante de ellos.

Y en ese momento me soltó.

—Gracias —les dije a todos—. Soy muy afortunada.

—Somos afortunados —me corrigió Terry—. Afortunados por tenerte aquí.

Julia desapareció en la cocina para sentar a los pequeños a la mesa con cuencos de sopa y que vieran *Mary Poppins*. Los demás esperamos en el salón, y enseguida regresó con una bandeja de burbujeante sidra en copas de champán. Nos dio una a cada uno.

—¡Por Mila! —exclamó Terry, y todos brindamos. Me ardía la cara por ser el centro de atención, así que me fui hacia un rincón, donde guardaban una colección de CD en unas estanterías. No reconocí los nombres. Al cabo de poco noté que alguien se me había acercado. Liz.

—No me puedo creer que todavía los guardes —le dijo a Terry mientras sacaba un CD—. ¿Te parece bien? —me preguntó.

—No me suena ninguno. —Me encogí de hombros—. Así que sí.

Se echó a reír y se lo dio a Terry, quien encendió el reproductor de CD y apretó unos cuantos botones. El disco desapareció por una ranura.

—Nunca nos ha preocupado demasiado estar al día —comentó—. Aquí no hay por qué. —Por los altavoces empezó a sonar la melodía de un teclado y de una batería, seguida de la voz de una mujer. Terry le tendió una mano a Julia y ambos comenzaron a bailar. Lee se les unió y la pareja le hizo espacio entre ellos.

Me senté en un sofá para observarlos. Esperaba que Billy y Liz también se pusieran a bailar, pero lo que hicieron fue sentarse a mi lado.

—¿Habéis ido al pueblo? —les pregunté.

—Sí —contestó Billy mientras se apartaba el pelo de los ojos.

—No os habéis quedado mucho tiempo.

—Pues claro que no —terció Liz—. Hemos vuelto por ti. —Me dio un golpecito en el hombro con el suyo. Mi corazón se llenó de la sensación de familiaridad con que actuaba conmigo. No me aparté, dejé mi hombro contra el suyo. Fingí que no tenía trascendencia, que no me importaba tantísimo.

—Oye —dijo Billy acercándose también hacia mí—. Mañana podrás acompañarnos al mercado. Terry nos ha informado esta mañana.

—Oh. Qué bien. —Llevaba dos meses sin subirme a un coche. Lo más lejos que había ido era hasta la playa que quedaba al otro lado de la autopista. Pronto volvería a salir al mundo.

—Ojalá nosotros pudiéramos trabajar en el mercado —dijo Hunter. Me había concentrado tanto en Billy y en Liz que no me había dado cuenta de que él nos estaba escuchando. Pero al levantar la vista me di cuenta de que Emma y Jackson también nos observaban—. Sería mucho mejor que cosechar —añadió.

—No te quejes. —Emma puso los ojos en blanco.

—Me quejo si quiero.

—Vale, muy bien. Pues adelante —dijo ella.

Hablamos un poco sobre los cultivos, sobre cómo el verano iba dejando paso al otoño y qué iba a crecer en breve, en lugar de fresas y tomates.

—Pronto comeremos calabaza —puntualizó Jackson con los ojos en blanco.

—No te olvides de los calabacines —lo provocó Hunter.

—Cómo olvidarlos —dijo Jackson.

—Bueno, pues esta noche comeremos algo más emocionante que calabaza —anunció Julia cuando terminó de tocar una canción. Asintió hacia Billy y Liz, quienes se levantaron y se dirigieron a la cocina. Regresaron al cabo de unos instantes, Billy con una tarta de chocolate, con mi nombre escrito en el centro y adornada con velas blancas.

—Pide un deseo, Mila —dijo.

—Sí —asintió Julia—. Pide un deseo. Lo que quieras.

Ojalá fuera una de los vuestros, pensé. Y a continuación soplé las velas. Billy cortó porciones mientras los demás hacíamos fila con un plato. Liz trajo té.

Nos sentamos de nuevo por todo el salón. Me pareció un sueño, pero la fuerte luz grisácea de la tarde entraba por las ventanas, y todo se veía con claridad: las migajas de pastel en los platos y el vapor de la tetera que Julia no paraba de rellenar. Los libros que flanqueaban las paredes a ambos lados de la gigantesca chimenea, Lee sentado con la espalda recta en el medio de la estancia y la montaña de leña junto al hogar para cuando empezase a hacer frío. Jackson, Emma y Hunter estaban en el sofá: los pequeños jugaban con barro mientras veían la película; se oían los débiles ecos de la voz de Mary Poppins. Billy se sentó en el suelo con las piernas cruzadas, apoyado contra la silla. Liz se tumbó sobre cojines, despatarrada en la habitación. Terry se mecía en el balancín de madera y Julia se movía entre nosotros con gracia, recogiendo platos vacíos, comprobando que los niños estuviesen bien, asegurándose de que todos estábamos calientes y bien cuidados.

—Y ahora —dijo mientras se levantaba— creo que ha llegado el momento de los regalos.

La esperanza me embargó por completo. *Un anillo o un colgante o una pulsera para mí*. Pero Julia salió de su dormitorio con dos paquetes envueltos, los dos demasiado voluminosos, y tuve que ocultar la decepción.

—Abre primero el más grande —me indicó Liz mientras se incorporaba para contemplarme.

El paquete pesaba más de lo que me imaginaba. Con cuidado, rasgué el papel de regalo. Vi una especie de caja, de color gris azulado y vieja, con una manecilla y dos hebillas de metal. Abrí las hebillas para ver qué había en el interior.

—¡Un tocadiscos! —exclamé. Supe de inmediato qué contenía el paquete cuadrado y fino. Arranqué el papel, ansiosa por ver el disco. Era de Billie Holiday, que cantaba canciones de George Gershwin.

No se me ocurrió qué decir.

—Julia nos dio unas cuantas ideas —terció Billy.

—Espero que te guste Billie Holiday —añadió Liz—. El tío de la tienda de discos nos mostró unas veinte opciones posibles con las mismas canciones, pero Billie nos pareció la más apropiada.

—Tiene el mejor nombre del mundo —dijo Billy—. Lo escribe raro, pero bueno.

Me eché a reír. No conocía a Billie Holiday en absoluto, pero las canciones estaban recogidas en el dorso del disco y reconocí todos los títulos. Ahora tendría música en mi cabaña. Ahora ya no estaría tan silenciosa constantemente.

—Gracias —les dije a todos.

—De nada —contestó Julia—. Estamos muy contentos por que estés aquí.

—Sobre todo yo. —Lee se puso de pie y me dio un abrazo rápido y fuerte antes de regresar a su sitio junto a la chimenea.

—Escuchémoslo —propuso Billy—. Quiero oír cómo suena.

—La aguja es nueva —me informó Liz—. El tío de la tienda de discos nos la cambió.

Me había acabado acostumbrando al tocadiscos de la escuela, así que supe cómo proceder. Saqué el disco de la funda y lo coloqué sobre el lector. Bajé la aguja y el disco comenzó a dar vueltas. La música se inició. Me sorprendió la voz; no era el sonido suave y reconfortante que había oído de pequeña. Aunque las palabras y las melodías eran idénticas. En cuanto terminó la primera canción y comenzó la segunda, me acostumbré a su forma de cantar. Y me pareció muy lógico escuchar ahora una voz diferente, más áspera. Di gracias por la diferencia. No volvería al pasado. Nunca me sentaría de nuevo al piano al lado de mi abuela ni pondría los dedos como ella. Mi abuelo nunca me pediría que subiera el volumen. Nunca me pediría que bailara con él. Esa era mi realidad de entonces. El sol iba descendiendo por el cielo, así que Julia encendió el fuego y el crepitar de las llamas se unió a la música, y enseguida la sala se llenó de calidez.

En ese momento, me permití creer que era una de ellos. Que la celebración le daba carácter oficial. También el pastel y los regalos. La tarde que pasamos juntos. Me hundí en el sofá y escuché las canciones que conocía de principio a fin cantadas con una nueva voz, y me pareció que mi lugar estaba allí. Terminó *Mary Poppins* y los pequeños se nos unieron para enseñarnos las esculturas de arcilla y exigir sus respectivas porciones de tarta. Billy trajo platos para ellos y los dispuso sobre la mesa de centro. Metió un pañuelo a cada uno por dentro de la camiseta, y comieron con determinación. Todos estábamos allí, juntos en la estancia. Todos escuchábamos el disco y sentíamos el calor, y pensé que aquel momento era perfecto. Que era perfecto de verdad.

Hasta que un movimiento del exterior me hizo girarme hacia la ventana. Un rápido destello y luego… *¡pum!*

—Dios mío —chilló Emma—, ¿qué ha sido eso?

—Algo se ha estampado contra la ventana —dijo Liz. Nos levantamos, nos pusimos los zapatos y salimos afuera a verlo. Nos congregamos a su alrededor: Terry y Julia y Lee, Emma y Hunter y Jackson, Blanca y Darius y James y Mackenzie, Billy y Liz y yo.

Un pájaro.

Con los ojos abiertos para siempre y un ala rota. Con plumas desperdigadas y un pico pequeño y amarillo. Un animalito grisáceo y muerto a nuestros pies.

—Cavaré una tumba —dijo Terry.

Yo quería ver un fantasma-pájaro. La noche cayó y regresé a mi choza con el disco debajo del brazo, el tocadiscos dentro de la caja, en busca de un ser resplandeciente que volara.

Quería percibir una especie de lógica. Un motivo. La certeza de que todo iba según lo previsto. Las criaturas vivían y morían y a veces regresaban con una forma distinta. A veces se nos aparecían a los vivos y a veces nos dejaban en paz.

Puse el tocadiscos sobre mi pequeño escritorio y estiré la mano que lo había transportado, me froté las marcas que me había dejado la manecilla sobre la piel. Abrí la caja, saqué el disco de la funda y bajé la aguja. De nuevo oía el piano, aquella voz extraña y apenada. Me senté en la silla de madera y miré por la ventana.

Pobre pajarito. Con los ojos negros y un ala frágil y rota.

Yo quería ver un fantasma-pájaro. Pero no se me apareció en ningún momento.

lo bueno se hace esperar

El despertador rompió la oscuridad: las cinco de la madrugada. Mi primera mañana en el mercado de granjeros.

No me molesté en encender un fuego. Me llevé conmigo la ropa hasta la ducha y me di un rápido repaso con el jabón y el champú —tiritando en todo momento—, y me vestí en un abrir y cerrar de ojos con unos vaqueros, una camiseta térmica y una chaqueta de pana azul marino que Julia había elegido para mí del interior del armario de la planta de arriba. Estaba desgastada y era suave, y me pregunté cuántos internos la habrían usado en aquellas primeras horas de la mañana para abrigarse al poner rumbo al pueblo. Me abroché las botas, atravesé el campo y encontré la camioneta en el mismo lugar en que la habían aparcado la noche anterior. Vi luz en la cocina de la casa y a Liz en el interior, sorbiendo un café. Di gracias por no haber llegado tarde.

Me dirigí a la nevera de detrás y me dispuse a hacer varios viajes hasta la furgoneta con la carretilla llena de flores. Para cuando había transportado la última cubeta de flores, Billy estaba bajando la puertecilla de la furgoneta.

—Buenos días —me saludó.

—Buenos días —contesté.

Saltó hasta la parte trasera de la camioneta y extendió los brazos. Le fui dando una cubeta tras otra, mientras en silencio repetía los nombres de las flores para no olvidarlos. «Crisantemos. Dalias. Cinias. Milenramas. Anémonas. Amapolas de Islandia».

Se abrió la puerta de la casa y de allí salió Liz con tres termos en las manos. Reparó en que yo ya había movido todas las cubetas.

—Gracias a Dios que ahora somos tres —dijo, y me olvidé del frío por completo.

Billy inspeccionó el contenido de la camioneta con la linterna. Fresas y lechugas y calabazas. Tomates y albahaca. Cubetas y cubetas de flores. Tres mesas de madera plegables y unas cuantas lonas de carpa. Una caja para el dinero y dos básculas.

—Parece que ya lo tenemos todo —anunció.

Saltó de la camioneta y le enseñó las llaves a Liz.

—¿Conduces tú o conduzco yo?

—¿Tú ahora y yo cuando volvamos?

Billy asintió y se colocó en el asiento del conductor. Yo no supe qué hacer, si Liz querría sentarse al lado de Billy o si prefería evitar el estrecho asiento central.

—Sube —me indicó. Y subí. Dejé debajo del asiento un botiquín para darles espacio a mis pies y Liz subió detrás de mí. Billy, Liz y yo; nuestros hombros se tocaban, como sabía que ocurriría. Liz me pasó un termo para Billy y uno para mí, y cerró la puerta. Billy arrancó el motor y condujo por el camino. Liz bajó para abrir la verja y la cerró detrás de nosotros.

—Tardaremos unos cuarenta y cinco minutos —me dijo cuando Billy salió a la autopista. Se me acercó para encender la radio. De pronto sonaba la voz de un hombre, tranquila y bronca. Cantaba como si estuviera cansado, y Billy condujo por la costa mientras bebíamos café y el sol se alzaba en el cielo.

Mendocino nos dio la bienvenida con su diminuta zona comercial, con las verjas envejecidas y los hostales inmaculados, las calles estrechas y las flores silvestres y los acantilados que se cernían sobre las olas que rompían. Billy y Liz saludaron a los demás vendedores cuando pasamos por delante de ellos; algunos eran granjeros mayores que nosotros, unos pocos tenían nuestra edad.

—Ella es Mila —me presentaron una y otra vez, y me dijeron los nombres de los vendedores y los productos por los cuales eran famosos. Dispusimos las mesas y la carpa, y entonces llegó el momento de descargar la furgoneta. De la calle al puesto transportamos repetidamente las cubetas y las cajas en los brazos. Caminábamos con cuidado por el bordillo y por el mercado, pero cuando ya casi habíamos terminado Liz tropezó con el palo de la tienda de nuestro vecino, agarrada con fuerza a la cubeta de flores. Dejé la mía en el suelo y se la arrebaté para que pudiera levantarse.

—Mierda. ¿Están bien? —me preguntó. Se había empapado media camiseta, pero las flores estaban intactas.

—Sí, están bien —dije—. ¿Y tú?

—Sí. —Pero puso una mueca y se bajó una de las perneras de los vaqueros. Se había rasguñado la cadera. Recordé el botiquín de la camioneta, así que agarré las llaves de Billy y corrí para hacerme con él. Al regresar, me la encontré sentada en una silla plegable con una bolsa de hielo del puesto de los quesos. Le enseñé el botiquín. Asintió.

—Cuando estés lista —le comenté.

—Antes me dejaré el hielo un par de minutos más —respondió.

Billy y yo nos afanamos en organizar la mesa. No tardamos demasiado en lograr que quedara preciosa. Las flores y los alimentos ya eran lo bastante bonitos, pero es que además

Julia había metido cestos de madera en las cajas y cordeles para atar las flores. Billy y yo trabajamos codo con codo, llenando los cestos con tomates rojo intenso, atando la albahaca en ramilletes y repartiéndola, metiendo calabacines en cajas y preparando ramos con las flores, los pequeños por diez dólares, los más grandes por veinte.

Vi que Liz se quitaba el hielo, así que me acerqué hasta ella y abrí el botiquín. Me froté las manos con alcohol y eché un nuevo vistazo al rasguño, justo al lado del hueso de la cadera. Era más profundo de lo que me había parecido, la piel se iba amoratando alrededor.

—¿Te echo un poco de alcohol? —le pregunté—. Creo que deberíamos, pero te va a escocer.

—Sí —dijo—. Supongo.

Busqué una gasa y la humedecí.

—¿Cómo fue lo que me dijiste? —Clavé la mirada en la gasa, demasiado tímida como para mirarla a la cara—. ¿Cuando notes que te empieza a doler…?

—Presiona con fuerza y cuenta hasta diez —terminó.

Rocé el corte con la gasa y noté cómo Liz se encogía.

—Uno… Dos… Tres… —Aparté la gasa y volví a aplicarla—. Cuatro… Cinco… Seis… —Separé un trozo de venda y cubrí el centro con antiséptico—. Siete… Ocho… Nueve… —Agarré la venda y la presioné con suavidad sobre su piel—. Diez.

La miré a la cara de reojo. Liz entornó los ojos y sonrió.

La había impresionado.

—Al principio, puedes observar —me dijo cuando se colocó detrás de la caja del dinero y de una báscula—. Y rellenar las mesas cuando parezca que estén algo vacías. Y luego, si quieres, puedes ayudarnos con las básculas y el dinero.

—Es tan fácil como suena —intervino Billy—. El truco es no dejar que la cola te intimide. Todo el mundo puede esperar unos cuantos minutos para conseguir unas flores. No hay ninguna prisa.

Antes incluso de que el mercado se abriera de forma oficial, ya esperaban unas cuantas personas junto a nuestra parada. Otros vendedores también ofrecían flores, pero las de Julia eran diferentes: excepcionales y sorprendentes y hermosas hasta la imposibilidad. Recordé que la primera noche que pasé en la granja Nick me dijo que Julia era famosa por sus flores. Vi entonces a qué se refería. Mientras Liz y Billy atendían a los primeros clientes, me mantuve ocupada y sustituí los arreglos vendidos por otros nuevos, salidos de las cubetas de debajo de las mesas. Ayudé a algunas personas a guardar las cestitas de fresas en sus bolsas, metí tomates en cestos. El tiempo pasó deprisa por el gran trabajo que había que hacer, y en todo momento contemplé a Billy y a Liz. Entablaban una agradable conversación, recomendaban no guardar las flores con la fruta, explicaban cómo lograr que los ramos duraran toda la semana. Aconsejaban cómo cocinar las berenjenas y comentaban el tiempo, lo cálido y tranquilo que estaba siendo ese mes de agosto.

—Saludad a Julia y a Terry —les pidieron muchísimas personas.

—Claro —respondía Luz.

—Sin problema —decía Billy.

Al cabo de un par de horas, cuando la cola seguía siendo larga pero ya no había arreglos en las cubetas, Billy me indicó que me acercara.

—¿Preparada para pesar? —me preguntó. Estaba preparada. Y me sentó genial pensar rápido, aceptar el dinero y contar el cambio, sonreír al siguiente desconocido y decirle hola.

En cuanto el mercado cerró, desmontamos las mesas y plegamos las lonas. Liz y Billy intercambiaron los productos que nos sobraron por miel, vino y sal gorda para llevárselo a la granja. Billy extrajo nuestros salarios de la caja y nos plantó los billetes en las manos. Ni siquiera se me había ocurrido que me pagarían, y sentí una mareante liberad al explorar el pueblo con dinero en el bolsillo: la librería y la confitería, las cafeterías y la tienda de juguetes. Me compré una novela: *Rebeca,* de Daphne du Maurier. Era un libro largo y emotivo, y algo de la sinopsis me hizo pensar en mí misma. También compré dos cajas de acuarelas, dos pinceles y dos pequeños blocs para acuarela. Uno para mí y otro para Lee. En la granja había muchísimos materiales para dibujar, pero quería tener algo. Algo nuevo, algo que siempre fuera solamente mío. Y pensé que Lee tal vez también lo quería.

—¿Cenamos? —nos preguntó Billy, y Liz y yo asentimos. Los seguí un par de manzanas hacia un bar donde comían los vendedores de otra granja. Los saludamos al verlos, y nos hicieron hueco en su gran mesa. Eran un poco mayores que nosotros, y me di cuenta de que Billy y Liz ya habían hablado con ellos en anteriores ocasiones. Comimos aros de cebolla y hamburguesas, el tipo de comida que Terry no preparaba nunca, y los escuché hablar de personas a las que yo no conocía.

En un momento dado, una mujer exclamó:

—¿Qué le ha pasado a Samantha? —Y reparé en que no me embargaban ni los celos ni la pena. Escuché atentamente. Quería enterarme.

—No lo sabemos con seguridad —contestó Billy—. Es probable que volviera a Ukiah.

—Allí vivía una amiga suya del instituto —añadió Liz—. Una chica con la que podría quedarse. Es nuestra mejor suposición.

La conversación avanzó y terminamos de cenar. La oscuridad era total cuando nos despedimos e iniciamos el camino de vuelta. Volví a sentarme en el asiento del medio. No paraba de pensar en Samantha. Estaba lista para saber más cosas y dejar de hacerme preguntas al respecto.

—A todos os caía muy bien, ¿no? Samantha, digo —les pregunté.

—No era mala tía. —Billy se encogió de hombros—. Bueno, no lo sé. La verdad es que no sé qué decirte sobre ella.

—Era agradable —terció Liz—. No era como tú, pero era maja.

Noté cómo rozaban mis hombros con los suyos y cómo sonreía yo en la negrura.

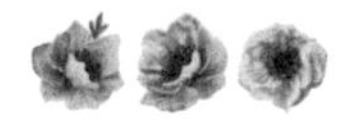

En cuanto llegamos a la granja, guardamos lo que habíamos obtenido en la nevera y en la despensa, y le dimos el dinero a Julia.

—Hoy a todo el mundo le han encantado las cinias —dijo Liz.

—Y las dalias —intervine.

—Bien, bien. —Julia sonreía de oreja a oreja—. ¿Te lo has pasado bien?

—Me ha encantado —dije—. Nunca había visitado un pueblo como ese.

Le contamos a dónde habíamos ido a cenar y lo que habíamos pedido, a quiénes habíamos visto y los chismes que habíamos oído.

—Un millón de personas nos han pedido que te dijéramos hola —le comentó Billy.

—Como siempre —añadió Liz.

—Pues hola a un millón de personas. —Julia se echó a reír.

Atravesamos el campo para dirigirnos a nuestras chozas. Me dolían los hombros por haber transportado las cajas y las cubetas, pero no me apetecía estar a solas. Me preparé para despedirme, para que los dos entraran en una cabaña y cerraran la puerta y me dejaran fuera y sola, pero cuando alcanzamos la puerta de Liz, ella exclamó:

—¿Quién quiere compartir una botella de vino?

Fuimos a nuestras cabañas a por jerséis y calcetines más gruesos y a por una copa para cada uno antes de reencontrarnos ante la choza de Liz, donde nos sentamos en fila delante del campo. Los fantasmas estaban ahí, pero al parecer no nos hacían ningún caso. Al ver a tantos reunidos, me percaté de que la mayoría eran muy pequeños. Unos cuantos eran más altos, un par eran casi adultos, pero la mayoría eran niños. Algunos de los mayores estaban apiñados en un grupo, y uno de ellos se separó del resto. *Vaya*, pensé cuando comenzó a bailar: era ella. Aparté la mirada.

—Toma. —Liz me llenó la copa.

—¿A Terry y a Julia no les importa? —pregunté.

—Es una copa de vino. Pero no, no lo creo. Los días de fiesta nos dejan beber un poco.

Di un sorbo. Solamente había probado el vino un par de veces y no me había gustado demasiado, pero aquel sabía bien. Quizá fue por el momento, al estar sentada con ellos en aquella fría noche. Quizá me habría gustado cualquier cosa cuando éramos Billy y Liz y yo bajo la luz de la luna.

Los fantasmas jugaban en la hierba. La fantasma bailarina daba vueltas y más vueltas. Aparté los ojos y vi que Billy me observaba.

—Está exhibiéndose para ti, ¿sabes? —me dijo.

—¿Quién? —me interesé.

—Tu fantasma.

—Su brillo me hiere los ojos.

—Te acabarás acostumbrando.

—A mí me gusta contemplarlos —terció Liz con la mirada clavada en el campo—. Siempre se los ve muy contentos.

Era cierto. Un grupo de niños fantasmas jugaban juntos a alguna especie de juego que yo no comprendía. Uno de ellos se ponía a contar y los demás salían disparados en todas direcciones. Estaban demasiado lejos de nosotros, no les veía la cara. Pero supe, por cómo se movían dando saltos y brincos, que se lo estaban pasando en grande.

—Tu fantasma es una bailarina preciosa —dijo Liz—. Es a la que más me gusta mirar.

—No sé por qué dices que es mi fantasma.

—¿No lo sabes? —Me miró a los ojos.

—No.

Se giró hacia la fantasma bailarina.

—Vale —dijo.

Billy se levantó y se estiró. Creía que iba a desearnos buenas noches, pero en lugar de eso trotó hacia el campo y se puso justo en el centro del juego de los niños. Los pequeños se colocaron a su alrededor, como hacían a diario Darius y James y Blanca y Mackenzie. Vi que les estaba explicando algo y que ellos lo escuchaban, y juntos comenzaron un nuevo juego. La fantasma bailarina no prestó atención. Giraba y saltaba. Un grupito de fantasmas que habían estado sentados juntos nos miraron, y acto seguido se alzaron y se fueron. Billy se desplomó sobre la hierba con un *pof* gigantesco que reverberó por el campo y los niños fantasmas se le subieron encima. Lo oímos reírse.

—Ni siquiera sabía que podíamos interactuar con ellos así —dije.

—La Navidad pasada, los pequeños pudieron quedarse despiertos hasta tarde y jugar con ellos. Fue precioso. No sé si *precioso* es la palabra. Fue precioso y triste. Ya me entiendes. Terry se mantiene alejado por respeto. Creo. Y a Julia no le gusta mirarlos. —Dio un sorbo y tragó el vino—. Hay personas que no los ven.

—¿De veras?

—Sí. En Acción de Gracias te darás cuenta. Siempre hay unos cuantos que no tienen ni idea de a qué nos referimos.

—Deben de pensar que estamos locos —supuse.

—Mila. Míralos. Son claros como el agua. Aquí nadie está loco. Es solo que vemos cosas diferentes.

Billy fingía ser un avión y planeaba por el campo con dos fantasmitas en la espalda. Cuando el juego llegó a su fin, atravesó el campo y volvió a nuestro lado, oliendo a hierba y a sudor. Se sentó, y Liz le pasó la botella, y los tres nos quedamos otra hora allí, observando a los fantasmas con nuestras capas de jerséis y calcetines.

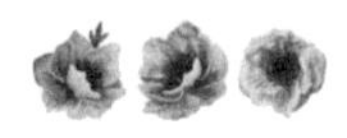

A la mañana siguiente, cuando le di a Lee las pinturas, abrió los ojos como platos, muy contento.

—¡Viva! —exclamó, y se apretó las acuarelas contra el pecho.

—Espero que me enseñes lo que pintes —le dije.

—Claro.

Y aquel día, a lo largo de la clase, lo pillé en momentos de sonrisas calladas, lo vi tocar el suave mango del cepillo con la punta de un dedo o acariciar el papel rugoso. Y sentí una gran alegría en el corazón por haberle dado ese regalo, por haber encontrado una forma de hacerlo feliz.

Soy buena persona, pensé. *Soy buena persona.*

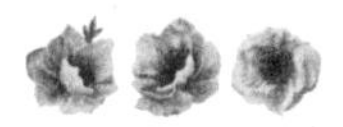

Más tarde, cuando entré en la casa para ayudar con la cena, Lee me llamó para que fuera al salón.

—Cierra los ojos y extiende las manos —me indicó. Noté un papel sobre las palmas—. ¡Ábrelos!

Se tapó la cara con un cojín y vibró de emoción mientras yo miraba lo que me había dado.

Un dibujo de acuarela de los dos, en pleno prado verde, debajo de un cielo azul y un sol contento, con las manos agarradas. Debajo de nuestras siluetas había escrito los nombres con lápiz. «Mila. Lee».

—Oh —exclamé—. ¡Nos vemos iguales!

—¿De verdad?

—¡De verdad! Me encanta. Gracias.

—Ah, y he encontrado esto arriba. Creo que encaja. —Me enseñó un marco de madera sin nada, tan solo la lámina de vidrio sobre el fondo de cartón.

—Es perfecto —dije—. ¿Lo acabas de encontrar?

—En el armario hay un montón de cosas.

Asentí al recordar que Julia me había dicho exactamente lo mismo. La pintura estaba seca, así que retiré el cartón y coloqué el papel. Apreté las clavijas de metal y le di la vuelta. En la pintura aparecíamos los dos, Lee y yo.

—Qué ganas tengo de colgarlo en mi cabaña —le dije, y me lanzó otra de esas sonrisas suyas que tanto me gustaban.

Esperaba que Lee estuviese mejor. Que estuviera menos turbado y tuviese menos miedo, pero solo habían sido las celebraciones y las acuarelas las que lo habían animado. Al cabo de unos pocos días, sus sonrisas habían desaparecido nuevamente. Se distraía durante las clases, por más que me esforzara yo en intentar que participase.

—Pronto tendremos dos nuevas amigas —le comenté—. Seguro que te gustará estar rodeado de más personas de tu edad.

—Sí —dijo, pero se quedó mirando por la ventana, impertérrito, hasta que llegó la hora de las Matemáticas. Abrió el libro de texto. Lo dejé hacer un poco por su cuenta mientras yo revisaba los manuales de arte para saber qué íbamos a estudiar a continuación. Aunque estaba agradecida por el tiempo que pasaba con Lee, me apetecía tener tres estudiantes en lugar de solo uno. En la otra punta de la escuela, Liz invitó a Emma, a Jackson y a Hunter a participar en una especie de debate. Y al otro lado los pequeños estaban tumbados por el suelo escuchando leer a Billy. Cuando eché un vistazo al papel de Lee para ver cómo lo llevaba, vi más recuadros de tinta que nunca.

—No me sale —se quejó—. Soy muy tonto.

—Salgamos afuera —le propuse—. ¿Por qué no echamos una carrera?

Cerró el libro de texto y apoyó la cabeza en la cubierta.

—Estoy demasiado cansado para correr —dijo.

—¿Estar aquí te ha resultado… difícil, Lee? —le pregunté un poco más tarde en el salón. Estábamos en el sofá, el fuego crepitaba en la chimenea—. ¿Te has sentido solo?

—Solo no —dijo—. Asustado sí.

—¿Asustado de qué?

—De mi fantasma.

—Ah. Ya veo. ¿Sigue poniéndote caras feas?

Lee asintió.

—He estado pensando —dije—. ¿Recuerdas que el día que estábamos pintando dijimos que es bueno mirar de frente a lo que nos da miedo? ¿Que así ahuyentamos el miedo?

—Sí.

—Quizá… quizá el miedo nunca llega a desaparecer del todo. —Respiré hondo—. Tal vez debamos seguir esforzándonos. Creíamos que sería sencillo, pero no lo es. Creíamos que habíamos terminado, pero tal vez…, tal vez nunca llegamos a terminar por completo.

—Pero es que yo quiero que se termine. —La tristeza se apropió de su expresión.

—Ya lo sé, Lee. —Lo rodeé con el brazo—. Yo también lo quiero. Pero ¿crees que podríamos llegar a…? ¿Crees que quizá podamos ser felices de todos modos?

—Lo intentaré —dijo.

—Yo también lo intentaré —le aseguré. Había gente en la cocina, en la planta de arriba. Quería contarle más cosas a Lee, pero no quería que nadie más me oyera. Me incliné hacia él y le susurré—: Yo también estoy asustada. Estoy asustada en todo momento. No dejo de visualizar recuerdos que se vuelven reales. En un recuerdo había una concha, una concha que me engañaba, la pisé, me empezó a sangrar el pie. Sangré por el mero hecho de recordarlo. Y no me gustan los fantasmas, sobre todo la que baila. Me hiere los ojos.

Al principio, no me contestó, pero al poco me miró. Parpadeó para evitar las lágrimas.

—A veces me da la sensación de que me voy a partir por la mitad —murmuró—. Tanto me duele.

—Ay, no —dije—. Lee, ven aquí.

Se me acercó y apoyó la cabeza en mi hombro. Lo rodeé con el brazo y nos quedamos sentados en el sofá del salón, los dos inmóviles durante mucho rato. Éramos una piña: muñecas sin accesorios, apariciones inquietantes. Lee era mi familia más que cualquiera de los demás. Haría todo lo posible por ayudarlo con el poco entendimiento que tenía.

—Mila, ¿preparada? —me llamó Liz desde la cocina. Esa noche nos tocaba preparar la cena.

—Ve —dijo Lee mientras se sentaba erguido.

—¿Estás seguro? —le pregunté con una mano en su mejilla.

Asintió, pero en sus ojos seguí viendo tristeza. No había hecho suficiente, pero no se me ocurría qué otra cosa probar.

El mercado del domingo siguiente estaba abarrotado de personas que intentaban conseguir los últimos tomates de la temporada, sentadas en los bancos y en los bordillos bajo el sol, conscientes de que pronto llegaría un clima más frío. Casi lo habíamos vendido todo, solo nos quedaban pocas cosas que intercambiar. Liz compró un puñado de novelas con el sueldo de aquel día. Yo me guardé el mío. No sabía para qué lo ahorraba, pero me pareció más seguro guardármelo.

Nos pasamos las últimas horas de la tarde en la playa, descansando el cuerpo después de haber pasado tanto tiempo en pie, y de regreso a la granja nos quedamos despiertos hasta tarde una vez más, observando a los fantasmas sobre la hierba una vez más, en esa ocasión bebiendo té conforme avanzaba la noche.

—Habladme de vuestra vida antes de llegar aquí —les pedí. Tuve que echar mano de valentía, pero deseaba saberlo con tanta fuerza que supe que debía preguntárselo.

—Mis madres eran nómadas —dijo Billy—. Viajábamos por todo el país con una caravana Airstream. Me educaron ellas, pero por lo general no les dábamos gran importancia a las lecciones. Nos importaban los lagos y los cañones y los pájaros y el sol. Pero las dos se habían distanciado de sus familias, así que cuando murieron pasé a formar parte del sistema de acogida.

Yo quería saber cómo habían muerto, pero me lo habría contado de haber querido que lo supiera.

—¿Cuántos años tenías? —le pregunté al final.

—Doce.

—Lo siento —le dije.

Inclinó la cabeza hacia la luna. Cerró los ojos. Los abrió.

—Gracias.

Miré hacia Liz. Dio un sorbo a su té.

—A mí me criaron los lobos. —Se giró hacia mí y sonrió.

—Qué curioso —dije devolviéndole la sonrisa—. A mí también.

Cuando regresé a mi cabaña al fin, la noche era cerrada y oscura, y la mayoría de los fantasmas se habían esfumado. Encendí un fuego y me desvestí. Me puse el camisón por la cabeza.

Era de noche. Mi madre trabajaba en el restaurante. Blake estaba dormido. Salté la cuesta escarpada de la propiedad de Blake y salí a la calle. A varias manzanas de allí se alzaba una tienda donde todavía había una cabina de teléfono. Llevaba monedas en el puño cerrado. Había tardado una semana en reunir lo suficiente para hacer una llamada —cinco centavos un día, diez centavos al siguiente— y todas las noches, al arrebujarme en el saco de dormir, lo reproducía en mi cabeza: llamaría al número de mis abuelos. «Os necesito», les diría. Al cabo de unos minutos, su coche blanco aparcaría delante de la tienda, me abrazarían, me rescatarían, nunca me dejarían.

Llegué a la cabina, situada bajo la luz de neón de la tienda. Todas las monedas que sujetaba con los dedos eran un deseo. Las metí, una tras otra, en la ranura. El teléfono sonó. «No pasa nada... Estarán durmiendo». Sonó y sonó. «Enseguida la abuela se incorporará en la cama». Sonó y sonó. «O les dejaré un mensaje y les diré dónde encontrarme». Sonó y sonó y sonó y sonó, hasta que un hombre que esperaba me dio un golpecito en el hombro. Cuando puso fin a su llamada, lo volví a intentar. Lo intenté cinco veces antes de rendirme.

A veces, no muy a menudo, mi madre y yo nos quedábamos a solas.

«¿Cuándo los veremos?», quería preguntarle. Me parecía imposible que se mantuvieran tanto tiempo apartados a propósito, imposible que mi madre no me llevara con ellos. ¿Por qué vivíamos en una casa que no era una casa? ¿Cómo habíamos acabado en aquella situación?

Cuando estábamos a solas, yo buscaba una oportunidad. Una expresión en su rostro. Quería que me estrechara con los brazos. «Mamá», le diría. «¿Qué nos ha pasado?».

Pero apenas empezábamos a hablar, mi madre se tocaba la oreja y se daba cuenta de que le faltaba otro pendiente.

—Ayúdame a buscarlo —me decía. Hurgábamos en la tierra y en los arbustos y en las amapolas, por todas partes en la estructura de hormigón de la casa, en las hojas de los eucaliptos y en los trozos de corteza muerta. Buscábamos objetos diminutos y preciosos, y nunca los encontrábamos.

Años atrás, yo no había sido más que una mota de polvo, pero mi madre me había querido.

Me alejaba de ella cuando se tocaba el lóbulo hinchado. Cuando maldecía y lloraba por su falta de atención. Cuando esperaba a que Blake regresara a casa para poder confesárselo.

Él siempre la perdonaba. Mi madre se apretaba contra su cuerpo con la cara llena de gratitud y de arrepentimiento. Cerraban las cortinas de la habitación de él como si aquello fuera a impedir que se oyeran los ruidos. Al cabo de un par de días, Blake le daba un nuevo par de pendientes para sustituir los que había perdido.

A veces me permitían salir de la propiedad para ir a la biblioteca o a la tienda. Leía libros acerca del cerebro.

Leía libros acerca del sistema reproductivo, en busca de las cosas que Blake nos contaba. No me sorprendió descubrir que nada de aquello era verdad. En las limpias mesas de la biblioteca, intentaba recordar cómo se tocaba el piano. Colocaba los dedos sobre la superficie y presionaba teclas imaginarias. Siempre que veía monedas en la acera, las recogía y las metía en la ranura de la cabina de la tienda. Llamaba a mis abuelos, pero nadie respondía al teléfono. Tan solo sonaba y sonaba. Quería llamar a Hayley, pero no había memorizado su número. Día tras día, ascendía la colina de Blake. Él había construido una plataforma sobre las raíces al descubierto de un árbol viejo y volcado. Esperaba con los binóculos, y si tenía suerte llegaba a ver a mi fantasma. Qué anciana tan triste. Qué ojos tan vacíos. Aunque verla me consolaba.

«Lorna», susurraba. «Hola», le decía.

Algunos días, sujetaba extraños objetos con las manos. Otros no acarreaba nada. Le di las gracias por permitirme verla. «Si necesitas algo, tan solo dímelo», le comentaba. Quería pedirle ayuda también. Para huir de allí. Para entregar un mensaje a mis abuelos. Me la imaginé apareciéndose en la puerta de su casa, un fantasma en camisón flanqueado por las macetas con helechos, con una carta mía en la mano. Mis abuelos la leerían y vendrían corriendo a rescatarme.

O, por lo menos, quería que mi madre la viera, para no sentirme así tan sola.

Quizá, si se le apareciera a mi madre, mi madre volvería a ser la que era.

Pero soñaba y despertaba sin mí. Ya no se escabullía a primera hora de la mañana hacia la habitación que compartíamos. Ya no se quedaba despierta hasta tarde, después de que anocheciera. Ya no me dedicaba secretas sonrisas que me calentaban hasta que me dejaban llena de emoción y de luz.

En cambio, siempre estaba con Blake. Él le traía más regalos y ella, nueva e inexplicablemente, los perdía. Exageraba muchísimo la compra de cada par de pendientes y describía cómo había convencido a la propietaria de la tienda para que le vendiera las joyas más valiosas y cuánto se arrepentía la mujer de separarse de ellas.

—Demasiado tarde —solía decir mientras revelaba un nuevo par. Mi madre siempre sonreía, pero no teníamos un armario en el cuarto de baño para guardar las cosas. No teníamos alcohol ni bolitas de algodón, y el lóbulo izquierdo de mi madre estaba rojo y sensible, y cada vez que Blake le ponía los pendientes yo me preguntaba si era consciente del dolor que le infligía.

Hasta que un día, en una época en que mi madre había estado más callada que de costumbre, distraída y triste, él le dijo que habría cambios en la casa.

—Una habitación grande para mi prometida —le aseguró—. Parecerá salida de un catálogo, Miriam. No te lo vas a creer.

—¿Tendrá techo? —pregunté.

—Pues claro. —Se echó a reír—. Y suelo... de mármol. Y un cuarto de baño *en suite* con *jacuzzi* y elementos de oro.

—¿Toda la casa tendrá techo entonces? —insistí al recordar las noches que me había pasado tiritando.

—Paciencia, Mila —me dijo—. Lo bueno se hace esperar.

Me quedé sin aliento al volver a la superficie. Estaba de rodillas, jadeando delante de la estufa de madera. «Demasiado caliente, demasiado cerca». Gateé hasta la puerta, desesperada por aire fresco, y conseguí levantarme el suficiente tiempo como para abrirla y salir.

Ahora ya tenía lo que quería. El mercado con Billy y Liz. La confianza de Lee, la amistad de Terry y Julia. Los pequeños me pedían ayuda cuando la necesitaban, me mostraban sus creaciones, me contaban sus ideas divertidas. Hasta parecía caerles bien a Jackson y a Emma y a Hunter. Aquel era mi hogar. No tenía por qué volver atrás; nunca, ni siquiera en mi imaginación. Podría vivir entre los fantasmas. Podría observarlos y respetarlos y no tener que comprenderlo.

Me apoyé en la pared de mi cabaña, sola en la oscuridad. Encontraría la forma de ser yo misma de nuevo. Al cabo de poco se me calmaría el corazón, latido a latido. Debía calmarse.

Respiré hondo. Olí a metálico. Miré a mi alrededor en busca de la oxidada carretilla o de una cubeta desperdigada, pero solamente vi el camino y algo de hierba y la tierra. Poco a poco, alcé las manos hasta mi nariz.

El olor a monedas sobre mi piel era inconfundible.

Un grito salió de mi boca.

Con qué fuerza las había agarrado en el puño.

Con qué desesperación había albergado esperanzas.

Una moneda en la ranura, una y otra vez.

—¿Mila? —Era Liz, que caminaba hacia mí en la negrura—. ¿Estás bien?

—Algo me pasa. —Estaba sacudiéndome con tanta violencia que me castañeteaban los dientes. Era imposible ocultarlo—. No sé qué es.

—Tienes miedo —dijo Liz—. Nada más. Ven conmigo.

La seguí hacia su choza, que era idéntica a la mía. Billy también estaba allí; después de soplar una cerilla, cerró la puerta de la estufa de madera.

—Siéntate —me indicó Liz mientras colocaba su silla delante del fuego. Me cubrió los hombros con su manta.

—Puedes hablar con nosotros —añadió Billy sentándose a mis pies.

—Estamos aquí para ti —dijo ella al colocarse a su lado.

—No tiene ningún sentido —comenté—. Me vienen unos recuerdos que me engullen. Y algo me persigue.

—¿Por qué piensas eso? —me preguntó Liz.

Negué con la cabeza. No sabía cómo explicarlo sin contárselo todo, y si les revelase la verdad se quedarían horrorizados. Podría haberme marchado de la casa sin terminar. Podría haber abandonado a Blake y a mi madre. Podría haber buscado ayuda y haber logrado una vida diferente; una que seguiría llena de dolor, sí, pero no de apariciones.

Pude elegir y tomé la decisión equivocada.

Liz y Billy no debían saberlo. No se lo contaría jamás.

Pero ¿cómo iba a seguir acarreándolo durante más tiempo?

Debía sacar de mi cuerpo aquella sensación tan asquerosa. Debía verbalizarla, pero no podía contárselo a ellos.

—Cuando era más joven —dije—, hice algo horrible. Y me temo que me ha seguido hasta aquí.

Pensé que el mero hecho de pronunciar aquellas palabras tal vez lo mandaría todo al garete. De confesarles que no era perfecta. Que no era buena. Se darían cuenta de que se habían equivocado al llegar a pensar que era una persona con la que trabar amistad.

Pero Liz asintió.

—Vale —susurró.

El silencio se adueñó de la cabaña.

—Cuando llegué aquí, sentía dolor —confesó Billy—. A veces en el pecho, a veces en la pierna. Me recorría los dos brazos, de golpe y porrazo.

Liz lo escuchó con atención. Cuando él terminó, me dijo:

—Yo veía cosas espeluznantes. Salidas de una pesadilla. Si creía que todo iba bien, aparecían de pronto.

—¿De verdad? —les pregunté.

—Sí, de verdad —asintieron.

—Es duro —dijo Liz—. Duele. Todo eso duele. Te entendemos.

Me dejaron de temblar las manos. Me aparté la manta de los hombros.

Billy, ahora ya caliente, se quitó la chaqueta, y vi que hacía gala de una nueva clase de belleza con sus cansados ojos y la curva de sus hombros debajo de la camisa de algodón. También Liz con el brillo del calorcito sobre la piel, la franqueza en el rostro mientras me observaba. Nos encontrábamos en la primera cabaña, al otro lado del campo, a solas y separados de los demás.

A su alrededor me había sentido muy extraña, e incómoda, y consciente de todo lo que desconocía. Pero ahora experimentaba una nueva sensación. La sensación de que me sostenían, incluso al tenerlos sentados a cierta distancia. La sensación de que me anclaban a la tierra.

—Quédate con nosotros —dijo Liz—. Quédate esta noche. Duerme aquí.

Me había sentido muy sola, pero ahí tenía a Liz y a Billy. Estaban allí y me ofrecían su compañía.

—Si no os importa —les comenté.

—No nos importa. Y ya duermo yo en el suelo si así estás mejor —propuso Billy.

Pero yo deseaba calidez. Deseaba consuelo. Por lo tanto, dormimos los tres en la cama de Liz a medida que avanzaba la noche. Era un lugar diminuto para tres adultos, sin espacio para la incertidumbre. Sin espacio para los fantasmas.

A partir de esa, la mayoría de las noches dormíamos juntos, en una cama o en otra. Tanto daba en cuál. Nuestras chozas eran nuestro pequeño país y el campo, el océano que nos separaba de los demás. A veces, cuando hacía viento y las cabras las habían descuidado, las altas briznas de hierba incluso rompían como si fueran olas.

En ocasiones, Billy y Liz se escabullían en el frío de la mañana, los dos juntos, para ducharse. Se pasaban un buen rato ahí, y yo fingía que no me importaba, intentaba no pensar en sus cuerpos desnudos, en el calor que generaban sin mí. Mis celos eran un sufrimiento minúsculo, sin embargo, comparados con todo lo que me daban. Me permitían con suma facilidad fingir que no había ocurrido nada en la puerta de mi cabaña, que los recuerdos nunca me habían devorado, que jamás había temido que el fantasma de Blake acechase entre los otros.

Pero cada pocas noches me despertaba cuando los dos seguían profundamente dormidos. Me envolvía con la bata de Liz o con la chaqueta de Billy y salía de la choza de puntillas rumbo a la noche. Me sentaba junto a la puerta, escuchando el viento y el océano, mientras la luna brillaba por encima de mí. Esperaba algo, iba al encuentro de lo que estuviese ahí afuera, pero no ocurría nada. Y al cabo de poco tenía demasiado frío y estaba demasiado cansada, y me rendía y entraba en la cabaña. Entraba en la cálida estancia, en la cálida cama, y me abrazaba a los cuerpos de mis amigos.

Entre semana nos pasábamos los días como siempre, enseñando en la escuela y echando una mano con la cena. Los sábados salíamos de excursión juntos, íbamos hasta los promontorios, adornados con flores silvestres. Billy me enseñaba los nombres de todas las plantas y Liz encontraba maneras de sorprendernos. Cuadernos de dibujo y lápices de colores un día. Un picnic al día siguiente.

¿Qué están haciendo conmigo?, me sorprendí pensando. No sabía cómo era posible que fuera lo bastante especial para ellos. Pero, bueno, me coloqué sobre las rocas y dejé que me dibujaran recortada por el océano. Un día me gasté todo el dinero que había ahorrado y reservé en un restaurante elegante, donde la recepcionista junto a la puerta se quedó con nuestras chaquetas y el camarero doblaba la servilleta de la persona que iba al servicio. Cuando llegó el momento del postre, dos hombres quemaron la capa de azúcar de nuestra *crème brûlée* en la mesa. La rompimos con la cuchara.

«Eres increíble», me dijeron. Intenté creerlo.

Y a veces observábamos a los fantasmas, y Billy me pedía que los mirara con atención, pero me herían los ojos si los miraba durante más que unos pocos segundos. Y a veces pillaba a Billy y a Liz contemplándome a mí, con una expresión en la cara que no llegaba a comprender. Me dije que no era nada. Eso también intenté creerlo.

Querían enseñarme a surfear, pero la fría conmoción al entrar en el agua me parecía insoportable. Me pasaba la mayor parte del tiempo en la arena, viéndolos con los trajes de neopreno, perpleja ante mi suerte. Los domingos madrugábamos tanto que nuestros cuerpos se preguntaban por qué no seguíamos durmiendo. En la oscuridad, con las linternas de Terry colgando de los brazos, transportábamos las cubetas de flores que Julia nos había dejado preparadas, cargábamos los calabacines y el kale en las cajas, cerrábamos la parte trasera de la camioneta y nos dirigíamos a Mendocino. Recorríamos la ventosa autopista, y yo siempre me sentaba entre ellos. Cuando Billy conducía, Liz apoyaba la cabeza en mi hombro.

Nunca había sido tan feliz.

el campo

Sin contar con las lecciones entre semana en la escuela, cada vez pasaba menos tiempo con Lee. Le sugería ir de excursión o pasar una tarde pintando con las acuarelas, pero casi siempre me decía que no.

Se estaba encerrando en sí mismo, ya no mostraba entusiasmo, apenas hablaba.

Un sábado, fui a buscarlo a la casa con la esperanza de hacer juntos un puzle o jugar a un juego de mesa. Jackson y Emma estaban tumbados afuera, disfrutando de una hora de sol, algo que no solía ocurrir. Julia y Terry se encontraban en la cocina, inmersos en una íntima conversación. Hunter vigilaba a los pequeños mientras jugaban.

—¿Has visto a Lee? —le pregunté.

—Hace rato que no —respondió Hunter.

Subí las escaleras, pero la puerta de Lee estaba abierta y vi que no se encontraba en su habitación. Al regresar a la planta de abajo, James exclamó:

—¡Veo a Lee!

—¿Lo has visto? —le pregunté.

—¡Creo que ta jugando al escondite!

—¿Dónde? ¿Me lo enseñas?

James me rodeó uno de los dedos con su manita y me guio hacia una puertecita debajo de las escaleras. Nunca me había fijado en ella.

—Ta dentro. —James la señaló.

—¿Ahí adentro? —pregunté con un escalofrío por el cuerpo.

James asintió y se marchó corriendo.

¿Será verdad? La puerta era pequeña, como si fuera la entrada a un pasillo que se recorría a gatas. Me apreté contra la madera y oí movimientos. Lentamente, giré el pomo y la abrí.

La punta de un zapato, la costura de una pernera.

—Lee —dije—. Oye, ¿qué haces ahí?

—Me escondo —contestó. Se rodeaba las rodillas con los brazos y se mecía hacia delante y hacia atrás.

Me agaché para pasar por el marco de la puerta y me colé en el interior, en cuclillas.

—Cierra la puerta —me dijo, y la cerré. La luz procedía de una bombilla del techo. Me senté a su lado con las piernas cruzadas.

—¿De qué te escondes? —le pregunté.

—De mi fantasma. Creo. —Tenía los ojos llenos de lágrimas.

—Ay, Lee.

—No sé qué está pasando.

—Sea lo que sea, te protegeré —le aseguré.

—No creo que puedas. Está acercándose.

—¿A qué te refieres?

—Está acercándose más y más.

—Pero ahora no está aquí, ¿no?

—No lo sé —dijo—. La luz está encendida.

—¿La apagamos y lo comprobamos?

—¡No! —exclamó, anonadado por la sugerencia.

—Vale —lo tranquilicé—. No es necesario. Nunca te obligaría a hacer nada, Lee. Nada que no quisieras hacer. Pero no creo que esté aquí. De verdad que no. Solo estamos tú y yo.

Lee asintió, y me dolió el corazón por él. Su ceño fruncido. Sus manos callosas y su dedo roto. Le toqué el lóbulo de la oreja, pequeño y perfecto.

—Siempre te protegeré —le dije—. Durante el tiempo que estemos aquí juntos.

—Vale, Mila —asintió.

Le pasé un brazo alrededor y noté cómo su cuerpo se apoyaba en el mío. Olía a hierba, a tierra, a madrugada.

—No te abandonaré nunca. —Cerré los ojos. Percibí que su cuerpo se relajaba y oí que su respiración se iba calmando—. Tendrás que crecer y abandonarme tú a mí primero.

Pasó cierto tiempo y empezaron a dolerme las piernas. Soporté la incomodidad tanto como pude, pero, cuando intenté cambiar de postura sin molestarlo, se incorporó.

—Ya podemos salir —me indicó—. Estoy mejor.

Abrí la puerta del armario y él tiró de la cadena para apagar la bombilla. Salí y Lee me siguió. Hasta ese momento, había pensado que podría ocuparme de él por mi cuenta, pero, al verlo subir las escaleras solo, supe que no podría. Siempre había sido un muchacho nervioso que se sobresaltaba con facilidad, pero ¿esconderse en un armario debajo de las escaleras? ¿Aovillarse y mecerse? ¿Hablar con tanta desesperación sobre su fantasma? Todo eso era nuevo.

Terry estaba en la cocina, ocupado con el pan.

—¿Tienes un minuto? —le pregunté.

—Siempre —dijo.

Mientras se agachaba, le conté lo que había ocurrido. Supuse que se alarmaría, pero, aunque escuchaba con atención y parecía preocupado, no lo vi sorprendido.

—Gracias por decírmelo, Mila —me agradeció cuando hube terminado—. Ha sido lo correcto. ¿Está arriba ahora?

—Sí.

Se acercó al fregadero.

—Quiero que sepas una cosa... —comentó mientras abría el grifo, agarraba el jabón y se frotaba las manos—. Eres una buena amiga de Lee. —Dejé que sus palabras perduraran en el ambiente en tanto se secaba las manos con un paño.

Se detuvo antes de salir de la cocina para ponerme una mano en el hombro.

—Una buena amiga de todos nosotros —añadió.

Más tarde, en la cabaña de Billy, Liz tocaba un ukelele mientras él leía en silencio un libro de poemas. Me tumbé en el centro de la cama, mirando por la ventana hacia la oscuridad del firmamento, pensando en Lee. Al final, me incorporé. Billy bajó el libro. Liz se puso el instrumento en el regazo.

—¿Qué pasa? —me preguntó.

Les conté que James me había indicado el paradero de Lee. Les conté que lo encontré muy asustado en el armario.

—Terry nos lo ha comentado —dijo Billy.

—Ah —murmuré—. Vale. —Me parecía raro que no me lo hubieran mencionado. Que no me hubieran preguntado cómo estaba ni se hubiesen interesado por conocer más detalles de lo ocurrido.

—Queríamos darte tiempo —dijo Liz, como si me hubiera leído la mente—. Debe de haberte afectado verlo así.

—Pues sí —respondí tumbándome de nuevo en la cama. Lo visualicé meciéndose adelante y atrás, recordé mi promesa de protegerlo siempre, la renové en ese momento. Enseguida la cama se hundió con peso a ambos lados de mi cuerpo. Liz se apoyaba en el codo a mi izquierda.

—Has hecho lo correcto. Has hecho exactamente lo que había que hacer, y ahora Terry cuidará de él.

Billy me sonrió, su rostro junto al mío sobre la almohada.

—Liz tiene razón —dijo—. Todo saldrá bien, ya verás.

Con los dos a mi lado, consolada por sus voces bajas, me permití cerrar los ojos. Tardé poco en quedarme dormida. Sin pesadillas, sin visiones de hombres que me persiguieran ni niños asustados que se mecían en el suelo. Sin rememorar las cosas espeluznantes que había hecho o que no. Solo con la certeza de que era buena persona, de que hice lo que debía hacer, de que Lee ahora ya estaba bien... Todas aquellas agradables palabras fueron susurradas en mis oídos.

Y luego me desperté sola en la cama.

La cama estaba fría. Agarré la sábana y tiré de ella con demasiada facilidad; no había ningún cuerpo enmarañado. Me senté y contemplé el vacío.

En aquellos primeros instantes borrosos y desorientados, pensé que quizá todo había sido un sueño. Que, de hecho, no había sido tan afortunada. Que había pasado todas esas noches a solas en mi cama, imaginando que estaban conmigo. No nos habíamos vestido para la cena, no me había quedado quieta ni había dejado que me dibujaran, no habíamos aprendido los nombres de las flores silvestres.

Pero mi visión se enfocó y vi más partes de la choza. Era la de Billy, no la mía. ¿Dónde se habían metido, pues?

Me levanté de la cama y me dirigí a la ventana. Divisé siluetas en el campo; siluetas humanas, no resplandecientes. Una luna llena pendía encima de ellas, iluminando el cielo lo suficiente como para que las viera. Liz y Terry, con Lee entre ambos. Los tres estaban inmóviles, como si esperaran algo. Quise ir hacia ellos, pero percibí cierta extrañeza, cierta intensidad, y me quedé en la ventana, mirando.

Al poco, algo llamó mi atención en el horizonte, y cuando se acercó vi que era Billy, acompañado de un niño fantasma. Tal vez era el que le había puesto muecas a Lee al otro lado de la ventana, pensé, aunque estaban demasiado lejos como para que lo supiera. Billy sujetaba la mano del fantasma conforme avanzaban hacia los demás. Cuando los cinco se hubieron reunido, los adultos se sentaron en la hierba y Lee y el niño fantasma los imitaron. Vi que estaban hablando. Liz le rodeó a Lee la cintura con un brazo y noté un nudo en el estómago. «Lee era mío». Terry le puso una mano en la cabeza y la bajó hasta su hombro, donde permaneció unos segundos. Vi a Lee asentir. Y entonces el niño fantasma se colocó sobre su regazo. Lee lo sostuvo como habría sostenido a un hermano pequeño, del mismo modo en que a veces sostenía a los pequeños para leerles o cantarles.

La escena me dejó ensimismada, confundida. Estaba clavada junto a la ventana, oculta en la oscuridad. Y en ese momento Lee soltó un grito.

Salí disparada de la cabaña y crucé el camino hacia el campo con el camisón y los pies descalzos.

—¡Lee! —chillé, y Liz se giró hacia mí, alarmada. Oí llorar a Lee, pero Billy lo estrechaba con los brazos y no vi la cara del niño, no vi qué le había hecho daño. No había ni rastro del fantasma (debí de haberlo ahuyentado con mi grito) y supe que Lee me habría querido a su lado para consolarlo. Éramos una piña, él y yo, y nadie más. Lee confiaba en mí. Lee me quería a mí. Pero detecté algo en el grupo que me hizo relajar el paso. Me detuve en seco a poca distancia de ellos—. ¿Qué ha pasado? —pregunté—. ¿Necesita ayuda?

Terry se giró como si lo sorprendiera verme, como si no me hubiera oído chillar. Su rostro estaba teñido de urgencia y de preocupación y de impaciencia. No había amabilidad alguna. Levantó una mano para impedir que me acercara más.

—Lo tenemos controlado —dijo—. Ahora mismo no te necesitamos.

Avergonzada, me quedé paralizada. Di un paso atrás.

Billy y Liz y Terry. De pronto, tres desconocidos. «¿Quiénes eran esas personas que fingían quererme?».

—Necesito saber que Lee está bien —dije con voz alta y temblorosa.

—Está bien —me aseguró Terry—. Estará bien. Vuelve a la choza. Ya te he dicho que lo tenemos controlado.

Así que me fui, pero no a la cabaña de Billy, sino a la mía, y cerré la puerta para expulsarlos a ellos. En la oscuridad, Lee seguía llorando. Me tapé los oídos con la almohada. Mi cama estaba tan fría como el invierno.

A la mañana siguiente, durante el desayuno, no miré a ninguno de ellos. Me serví una tostada y un huevo escalfado y kale, y me senté en el extremo más alejado de la mesa, apartada de Billy y de Liz.

—Ey —me llamó Billy—. Buenos días.

Me levanté para prepararme una taza de café.

Los pequeños se habían manchado las manos con huevo, así que humedecí un trapo y les limpié los deditos. Emma y Jackson y Hunter se alzaron y fregaron sus platos.

—Dentro de unos minutos estaré en la escuela —les dijo Liz—. Id empezando con el capítulo que toca.

Y así se marcharon los mayores, y los pequeños se adentraron en sus respectivos mundos. Noté la intensidad de las miradas de Terry y de Liz y de Billy. Levanté la vista y vi que ciertamente me observaban.

—¿Dónde está Lee? —pregunté.

—Hoy se quedará el día en la cama —me contó Terry—. Está cansado y necesita descansar. Julia está con él para ver cómo se encuentra.

Asentí. Mastiqué y tragué. No tenía hambre.

Oí los pasos de Julia, que bajaba las escaleras.

—Mila —dijo—. Tengo que prepararme para la llegada de las gemelas. Pronto estarán aquí. ¿Te importaría ayudarme? Cuando hayamos terminado, te puedes tomar el resto del día para programar las clases en la escuela.

Fregué mis platos.

Los demás continuaban sentados a la mesa. Seguí a Julia y salí de la cocina.

En los meses que llevaba viviendo en la granja, solo había subido al piso de arriba unas pocas veces; la noche anterior cuando buscaba a Lee, un día para ayudar a lavarles el pelo a los pequeños y otro para transportar una silla del sótano a la habitación de Lee. Quería un sitio propio en el que leer. En ese momento, pasé por delante de su dormitorio y me detuve a escuchar. Solo silencio. Toqué la puerta como si pudiera decirme algo, y a continuación seguí a Julia por el pasillo. En la primera planta había tres habitaciones: la de Lee, la de los pequeños y la que pronto ocuparían las gemelas. Los adolescentes vivían en los dormitorios del desván, mientras que el de Terry y Julia estaba en la planta baja. Daba la impresión de que la casa no se acababa nunca.

Julia cruzó la puerta que se alzaba al final del pasillo. Un techo inclinado. Dos camas de mimbre con una raída alfombra circular entre ambas. Dejó las sábanas y abrió la ventana para que entrara el viento. Hicimos una de las camas y luego la otra. Quitamos el polvo de la cómoda y ahuecamos las almohadas.

Julia barrió el suelo y yo eliminé las telarañas de los rincones, y entonces —tan pronto— oímos un coche por el camino que daba a la granja. Inspeccioné la habitación con la mirada y me pregunté qué sentiría al pensar que era la mía. Era agradable y pensada para chicas, con colchas tejidas a mano. Deshilachadas, no eran preciosas. A mí me habría gustado ese dormitorio de haberme mudado allí de pequeña.

Vi que Julia enderezaba un marco de fotos y disponía un lazo encima de la cómoda.

«¿Qué sabes sobre Lee?», quería preguntarle. «¿Qué le ocurrió anoche?».

Pero no conseguí pronunciar aquellas palabras. Las puertas del coche se cerraron. Oí crujidos sobre la grava y cómo se abría la puerta principal.

—¿Les damos la bienvenida a tus nuevas alumnas? —me preguntó, como si no sucediera nada raro. Como si Lee no estuviera encerrado en su habitación sufriendo por algo espantoso.

—No sé —dije.

Julia ladeó la cabeza, patidifusa, y no supe si fingía confusión.

—Lee... —empecé, pero no terminé la frase. Me apetecía hacerme un ovillo en una de las camas que acabábamos de hacer. Me apetecía dormir en esa habitación de niña y despertarme siendo pequeña y sin tener miedo.

Pero Julia me escoltó hasta la puerta.

—No le va a pasar nada —me dijo en el pasillo—. Solo tiene que descansar. Y nosotras tenemos que bajar. Nos esperan nuestras niñas.

Diamond y Ruby estaban sentadas en la cocina con los ojos como platos, asimilándolo todo. Estaban pálidas y regordetas, y tenían el pelo castaño claro y ondulado. Ruby vestía una camiseta con un unicornio estampado y Diamond, un jersey a rayas amarillo y rosa.

Supe que un día las despertarían con una bandeja con el desayuno para celebrar su cumpleaños. Crecerían hasta que no les valiera la ropa vieja y comenzarían a mezclarse con los demás, y vestirían camisetas simples y jerséis de lana, pantalones vaqueros y de suave pana. Jugarían y reirían. Pero en ese momento estaban a caballo entre dos vidas. Recordé cómo me sentí, no hacía demasiado, al poner un pie en esa nueva vida. ¿Experimentarían el mismo asombro que yo? ¿El mismo mareo, el mismo temblor de algo incierto bajo la superficie?

Terry les puso delante sendas tazas de chocolate caliente. Ruby miró a Diamond y esperó. Diamond tomó un sorbo, así que Ruby también.

Julia se sentó a la mesa y me indicó que me pusiera a su lado.

—Niñas —dijo—. Estamos muy contentas de teneros aquí después de tantos meses de espera. Os presento a Mila, será vuestra profesora. Y tenéis un compañero de clase, Lee, que hoy no se encuentra bien, pero mañana estará en pie y ansioso por conoceros.

Las gemelas asintieron.

—Decidme qué es lo que os gusta hacer —les pedí—. ¿Cuál es vuestra asignatura preferida en la escuela?

—Las mates —dijo Ruby.

—El dibujo —dijo Diamond.

—Muy bien. Genial. Haremos las dos cosas. Incluso sé formas de hacerlo todo al mismo tiempo.

Julia me dio un apretón en la rodilla por debajo de la mesa.

A veces, estaba muy cerca de ser como ellos. Tan convincente fui que casi me convencí a mí misma.

Me senté con Ruby y Diamond durante la cena y, más tarde, les leí un libro junto al fuego. Cuando Julia se dispuso a llevarlas al piso de arriba, en parte me quedé aliviada y en parte consternada al ver que Billy y Liz ya se habían marchado.

Pero los dos me esperaban fuera de mi cabaña. Entré y me siguieron. Nos quedamos dentro, los tres, en silencio. Billy cerca de la estufa, Liz apoyada en el escritorio, yo en el centro de la estancia. Noté el escozor de las lágrimas e intenté contenerlas.

—Mila —dijo Liz—. Queremos que sepas que... lo de anoche no fue lo que parecía. No hicimos... nada malo.

—¿Qué hicisteis, entonces?

—Queremos asegurarnos de que sabes que estamos aquí para ti —terció Billy—. Eso por lo que estás pasando... No queremos que estés sola.

—Pero es que no estaba sola —dije—. Estaba con vosotros. Y de repente os escabullís y le hacéis algo a Lee y ya ni siquiera sé quiénes sois.

—No —protestó Liz—. No le hicimos nada. No lo entiendes.

—Pues ¡contádmelo! Cocino y limpio. Me levanto a las cinco con vosotros y trabajamos en la parada y me gusta. Vivo rodeada de fantasmas. Duermo en vuestra cama. Quiero mucho a Lee y me porto tan bien con él como sé. ¿Qué más debo hacer?

—Mila. —Liz me estrechó. Me posó los labios en la mejilla y mi corazón me delató. Cerré los ojos. Que me tocara así, que me besara ella… Billy se me acercó por detrás y me rodeó con los brazos.

—Tranquila, Mila —lo oí murmurar contra mi pelo.

—Eres una de los nuestros —dijo Liz.

Pero ante aquellas palabras mi cuerpo se agarrotó. Abrí los ojos para observar mi choza y no supe por qué estaba allí, por qué esos dos cuerpos se apretaban contra mí. En la pared colgaba la acuarela en la que aparecíamos Lee y yo, la única de mis posesiones que significaba algo para mí.

—Necesito estar sola —les pedí. Y en ese momento me soltaron.

Unas horas más tarde, ya sola en mi cabaña, únicamente podía pensar en Lee. En el modo en que había mecido al pequeño fantasma. En su grito y en sus sollozos. Necesitaba verlo. Y presentí que era imposible que estuviese dormido. Lo que sucedió debió de turbarlo tanto como para que por lo menos tuviera un sueño irregular y se fuera despertando cada poco. Me acerqué a la ventana y miré hacia la casa a través del campo. Una lucecilla brillaba en su dormitorio del primer piso.

Era casi medianoche. Me puse el abrigo, me calcé los zapatos, encendí la linterna. Atravesé el campo y me introduje en la cocina. Con el mayor sigilo posible, agarré un cartón de leche de la nevera y un cazo del estante. Encendí el fuego al mínimo y vertí suficiente leche para una taza pequeña. En cuanto abrí el cajón de las especies en busca de canela y clavo, oí un interruptor que se accionaba en el salón, pero no detuve lo que estaba haciendo.

No iba a permitir que siguiese escondiéndose. Ya no.

En la despensa, encontré la miel que Liz había intercambiado en el mercado unas semanas atrás. Era espesa y dulce, y tomé una cucharada colmada y la removí en la leche caliente. Añadí un poco de clavo, una pizca de canela y unas gotas de vainilla.

La leche ya estaba lo bastante caliente. Cuando apagué el fuego, oí música procedente del piano. Notas que me resultaban familiares.

Era el estribillo que abría *Someone to Watch Over Me*.

Me quedé junto a los fogones mientras continuaba la canción, sin saber cómo interpretar aquello. Terry o Julia, supuse. ¿Era una especie de observación por presentarme allí a tan altas horas de la noche? ¿Era una broma acaso?

Llené la taza con la leche, dejé el cazo en el fregadero y me encaminé hacia la puerta.

No había nadie sentado al piano.

Pero la melodía llenaba la estancia, a pesar del vacío.

Y entonces vi las teclas del piano, que se movían por sí solas.

Apagué la luz y en la oscuridad la vi, a la fantasma bailarina, sentada al piano, pero solamente pude soportarla verla unos instantes —me hería los ojos, me mareaba—, por lo que encendí la luz, y desapareció. Se acabó la música. Allí solo estaba yo, en aquella habitación tenuemente iluminada.

Hasta que Terry salió del dormitorio y se quedó en el umbral en penumbra.

—Te he oído tocar.

—No era yo —le dije.

No comentó nada más, se limitó a observarme. No supe si quería decir algo más. En la sala reinaba el silencio, y lo único que deseaba yo era ver a Lee. Lo demás lo olvidaría. Era una tontería sin importancia. Como si un piano de tres al cuarto me fuera a asustar. Como si un hombre, en pijama y en silencio, bastase para detenerme.

—Lee está despierto. Voy a llevarle un poco de leche caliente. —Empecé a subir las escaleras sin mirar atrás.

Llamé a la puerta de Lee muy flojito para no despertar a los demás.

—Lee —lo llamé—. Soy yo. Voy a entrar.

Giré el pomo y entré. Estaba sentado en la cama. Pareció contento de verme.

—Hola —le dije.

—No podía dormir.

—Ya lo sé. He visto la luz en tu ventana.

—¿En serio? ¿Desde tu cabaña?

—Sí —asentí—. Te he traído un vaso de leche caliente. A mí me ayudaba a quedarme dormida. ¿Te apetece probar?

Asintió y me senté a su lado en el borde de la cama. Agarró la taza con ambas manos.

—Qué rica —dijo tras dar el primer sorbo.

Con ese pijama de manga corta, se lo veía más delgado que de costumbre. ¿Cómo era posible que Julia no le hubiese dado uno de manga larga? Era yo la que sabía lo que Lee necesitaba. Me acerqué a su cómoda y encontré un jersey fino.

—¿Llevas calcetines?

Negó con la cabeza, así que también busqué un par de calcetines.

Cuando se hubo terminado la leche, lo ayudé a ponerse el jersey y me lo quedé mirando mientras se cubría los pies con los calcetines. Enderecé la punta de uno de los calcetines para que la costura se alineara con sus dedos.

—¿Crees que ahora podrás dormir? —le pregunté.

—Creo que sí. —Se tumbó y le aparté el pelo de la cara. Con los ojos cerrados, parecía menor de los nueve años que tenía. Naricilla curvada. Pestañas largas, boca adorable—. ¿Te quedas conmigo hasta que me duerma?

—Pues claro —respondí. Apagué la luz y le agarré la mano para que supiera que me tenía allí—. ¿Estás bien? —le pregunté mientras mis ojos se acostumbraban a la oscuridad.

—Sí —dijo—. Me dolió mucho, pero ahora estoy bien.

Le sostuve la mano a medida que su respiración se acompasaba y se ralentizaba, hasta que sus dedos se relajaron sobre los míos.

—¿Qué fue lo que te dolió, Lee? —pregunté por fin, pero a esas alturas ya estaba dormido como un tronco.

Me quedé unos cuantos minutos con él. Si volvía a despertarse, yo no quería que viese que me había ido. Sentada, miré su rostro joven, y entonces busqué más arriba de sus dedos, más arriba de su mano, donde una pulsera de oro le rodeaba la muñeca.

De nuevo en el exterior, el viento frío me golpeó. La luna estaba oscurecida por las nubes y los fantasmas estaban por todas partes, corriendo en la oscuridad. Eran más numerosos que nunca. Encorvé los hombros y mantuve la cabeza gacha al tomar el largo camino que rodeaba el campo, pues no me apetecía caminar entre ellos. Pero, aunque intenté no mirar, vi de todos modos a la bailarina separarse de un grupo de fantasmas y acercarse hasta mí, hasta el final de la hierba.

Percibí su mirada mientras caminaba, y me llenó de una rabia que me nubló la visión y me hizo temblar.

Quería que se fuera con los demás.

Necesitaba que dejase de mirarme.

Pero se quedó quieta y me observó caminar, y yo quería desaparecer. Entendí por qué Samantha se había marchado de repente, sin despedirse de ninguno de ellos.

Noté los ojos de la fantasma clavados en mí, implacables.

—¡Déjame tranquila de una puta vez! —chillé con voz descarnada y monstruosa. A duras penas me pareció la mía.

La fantasma desapareció. Una estocada final: era capaz de hacer con facilidad lo que yo no conseguía. Pero por lo menos se había esfumado y pude hacer el resto del camino sin que nadie me observara.

un día y una noche

Ahora tenía a tres alumnos en mi rinconcito de la escuela.

—Lee, ¿por qué no les enseñas a las chicas dónde guardamos los materiales? —dije, y Lee saltó de la silla con mirada clara y entusiasmado, sin rastro de miedo ni de pena.

—Venid conmigo —les indicó a Ruby y a Diamond, y las guio hacia el armario. Escuché un rato mientras les contaba dónde estaban los lápices y los sacapuntas, dónde los papeles y qué tipo se utilizaba para qué cosa. En tanto proseguía, me giré y vi a Billy en el rincón de los cojines, leyéndoles algo a los más pequeños. Liz y los demás habían abierto una novela y debatían con fervor algún aspecto relacionado con el libro.

En esos momentos, nos separaba un océano.

Mis tres alumnos se sentaron de nuevo en sus pupitres.

—Veamos —dije—. Hemos leído tres capítulos del nuevo libro.

—No me importa empezar de cero —se ofreció Lee sonriéndole a Diamond, y luego a Ruby. Las gemelas le devolvieron la sonrisa.

—Muy bien —accedí—. Es muy generoso por tu parte, Lee. —Encontré dos ejemplares adicionales de la novela y empezamos a leer en voz alta desde la primera página. Al principio, presté atención a las niñas mientras leían, atenta a las palabras que les hacían ir más lentas, y les formulé preguntas de comprensión de tanto en tanto. Pero me resultaba difícil mantener la atención en el presente.

Más tarde, Julia apareció en la escuela para hacer sonar la campana y condujo a los niños hacia la hierba. Ya solo quedábamos Billy y Liz y yo en el interior, y la desesperación me constriñó el corazón.

—Vamos a ir de excursión a las colinas antes de cenar —me informó Liz—. Por si te apetece unirte.

Me aparté de ella rumbo a los armarios y guardé los materiales del día en el lugar correspondiente.

—No, gracias —respondí, todavía delante de las estanterías para que no me viera al cara.

Cuando terminé de colocarlo todo en su sitio, estaba sola.

Estaba desolada; deseaba estar con Billy y con Liz en las colinas.

Anhelaba huir, aunque fuera hacia una dirección espantosa.

Pero iba a ser fuerte y buena, y a sobrellevar la desesperación. Daría primero un paso y luego otro.

Enseguida eché a caminar por el camino de tierra hacia la autopista, en el rumbo opuesto que habían tomado Billy y Liz para su caminata. El sendero que me había mostrado Julia me atraía. Anduve hasta bajar por los rocosos acantilados. Pasé entre las flores y la hierba, por encima de las peñascos y hasta los guijarros y la arena. Encontré un lugar donde sentarme y contemplar las olas romper contra las rocas. Pensé en Julia, que aquel primer día me preguntó si me gustaba el océano. Seguía sin saberlo, pero su volumen y su poder me ayudaron a recordar dónde me encontraba.

Después de pasarme mucho rato sentada, me quité los zapatos y me levanté para cruzar la playa hasta situarme en la orilla del mar.

Una ola furiosa, una fría conmoción.

Me adentré un poco más. Me quedé quieta hasta que se me pusieron los pies morados. Hasta que se me entumecieron. Las olas adquirían más altura y potencia, había llegado el momento de regresar. Me sequé los pies con los calcetines y me puse los zapatos.

Caminé hacia la autopista con piernas temblorosas y recorrí el camino de tierra hasta dejar atrás la verja. Una vez al otro lado, recuperé el aliento sobre una roca.

El aire era más frío y el cielo se iba oscureciendo muy deprisa. Pasé por delante de las tres cabañas, que formaban la hilera de siempre, y volví a entrar en el baño. Decidí no encender las luces. Había quietud a mi alrededor. Los únicos ruidos los hacía yo misma. La cadena del váter, el agua del grifo, mis manos al frotarse. Me eché agua en la cara. Me puse las manos sobre las mejillas, luego sobre el corazón. Noté el ascenso y descenso de mi respiración.

Regresé a mi choza y encendí un fuego. Me senté al lado para que me calentara. Y entonces un fantasma pasó veloz por mi ventana, brillante como la luz de una linterna.

Una tarde, meses después de que nos mudáramos a la casa sin terminar de Blake, subí a la plataforma para buscar a Lorna y vi que no estaba sola. Bajé los binóculos. «¿Los ojos me estaban jugando una mala pasada?». Los alcé para mirar de nuevo. Sí, era cierto: había un hombre justo a su lado.

—¡Mirad! —exclamé. Bajé la colina a toda prisa y corrí para enseñárselo a mi madre y a Blake—. ¡Mi fantasma! ¡Lorna! Hay alguien con ella.

Blake se levantó y se giró para mirar hacia la calle. Estaban allí, claros como el agua. Mi fantasma y un hombre joven que la agarraba por el codo y que la guiaba hacia la casa.

Blake sonrió y arqueó una ceja.

—No me digas que te crees de verdad que esa pobre anciana es un fantasma.

Fue como si me hubieran empujado a un lago de invierno, repentino y pesado y frío.

—Pero… me lo dijiste tú. Me lo contaste tú. Que se llamaba Lorna y que había muerto.

—¿Cómo iba a saber yo cómo se llamaba? —Se rio—. Es una anciana demente. Un fantasma. —Soltó una nueva carcajada—. Miriam, ¿te lo puedes creer?

—Pobre Mila. —Mi madre negó con la cabeza, pero sonrió, y al cabo de poco comenzó a reírse también.

Se rieron tanto que les corrían lágrimas por las mejillas. Se rieron y se rieron y se rieron y se rieron.

Sola en mi cabaña, me tapé los oídos.

Oí cómo Blake se marchaba al poco y supe que mi madre vendría hacia mí.

—Nos hemos dejado llevar —me dijo—. No ha significado nada.

—A ti te hace lo mismo.

—No.

—Sí.

—Que no.

—¿Que el cerebro de las madres adolescentes no se desarrolla del todo? Eso es mentira.

—Cariño, tú no sabes cómo funcionan esas cosas.

—Lo he buscado —dije—. Nos está mintiendo.

—Cariño... Corazón, nos hemos dejado llevar. Pensaba que era una broma, pero ha sido cruel reírnos durante tanto tiempo. Nosotros...

—Nosotros, no —protesté—. Nosotros, no. Él.

—Blake quiere lo mejor para las dos. Yo pensaba que se me estaba dando bien educarte. De verdad que lo pensaba. Pero él me ha ayudado a entender que todas esas cosas, la escuela y la medicina y la tecnología, no hacen más que intentar controlarnos. La gente no tiene por qué vivir de esa forma. Existe una intuición...

—¡Dentro de nosotros! ¡Ya lo sé! Ya sé lo que nos cuenta, y te digo que es mentira. Nos está controlando. Nos está engañando. Me ha engañado a mí y te está engañando a ti también.

—No.

—¿Cuántos pendientes has perdido?

—Venga ya, Mila. —Se mordió el labio.

—¿Cuántos?

—Nueve —susurró.

—Vale. Nueve. ¿Cómo iba una persona a perder nueve pendientes?

En ese momento, vi algo. Un destello de actitud receptiva. Como si quisiera creerme.

—Los encontraré —le aseguré.

—¿A qué te refieres?

—Me refiero a que creo que los tiene él. Y, si los tiene él, los encontraré. Y, si los encuentro, vas a tener que creerme.

Cada vez que Blake se marchaba, yo hurgaba entre sus trastos y sus tesoros, todos ellos envueltos en tela y guardados en bolsas de plástico de diferentes tamaños. Los binóculos. La colonia. Bolsas llenas de conchas —un montón—, la misma clase que esparcía por el suelo de su propiedad. *La semana laboral de 4 horas, Macbeth, El camino del artista, Ulises*. Un jarroncito. Un par de tazas de té femeninas. Muchas, muchísimas cosas.

Y al cabo de tres días, metidos en una ranura a uno de los lados del colchón y envueltos en una bufanda amarilla, nueve pendientes.

Mi madre se echó a llorar.

Más tarde, subimos a la plataforma soleada, donde podríamos verlo regresar desde lejos. Nos sentamos lo bastante cerca como para tocarnos, pero no nos tocábamos. Yo deseaba eliminar el espacio que nos separaba, pero no sabía cómo. Mi madre me quería o me odiaba por lo que acababa de enseñarle. Era difícil saberlo.

El sol era inclemente. Lo notaba en el pelo, en el cuerpo.

—Tenemos que irnos —dije.

—¿A dónde?

—A casa de la abuela y del abuelo.

—Cariño. —Un sollozo apareció de la nada—. Cariño, no podemos. Murieron. Dos meses después de que nos marcháramos. Al volver en coche desde Tahoe. Un accidente con un camión.

«Los dedos de la abuela sobre las teclas del piano».

«El abuelo delante del fogón, removiendo la sopa».

«La seguridad de una cama caliente».

«Bailes».

—Oh —exclamé.

Mis manos se quedaron paralizadas. Comprendí de pronto la complicada situación en que nos encontrábamos. Comprendí por qué nos habíamos quedado tanto tiempo allí. Por qué nunca respondieron cuando los llamé desde la cabina durante el primer invierno, cuando las noches frías me provocaban dolor y pensé que podría contar con ellos para que me salvaran. Pero no, el teléfono sonó y sonó, y en ese momento, al descubrir la verdad junto a mi madre, oí nuevamente el tono de la línea telefónica.

De pronto, se me ocurrió algo.

—¿Qué pasa con la casa? —le pregunté—. ¿Podemos volver a la casa?

—La casa ya no está.

—¿Cómo que ya no está?

—Se vendió.

—Y ¿a dónde fue a parar el dinero?

Mi madre se mordió el labio. No me respondió. Y entonces vi la gran habitación con el techo terminado. Pensé en el suelo de mármol, los detalles de oro.

—Oh —volví a exclamar, e intenté no odiarla—. Pues nos iremos a otro sitio —dije al fin—. Iremos a la policía.

—Y ¿qué les diremos? «Ah, hola, agentes. Durante casi un año he criado a mi hija sin que fuera a la escuela y sin tener váter ni ducha y sin ir al médico». Mila, te llevarían. Me encerrarían. Y Blake ni siquiera ha cometido ningún delito. No hay razón para ir a la policía.

—Pues no iremos a nadie —dije—. Nos iremos a una habitación de motel y pensaremos en algo. ¿Tienes algo de dinero?

—Él se lo queda todo. Nos lo guarda.

Yo había buscado por todas partes por donde podía buscar y no había llegado a hallar nada de dinero.

—Le permites que se lo quede todo —me quejé.

—No tengo alternativa.

Apreté los puños. Me obligué a respirar y a relajar los dedos.

—¿Qué podemos hacer? —le pregunté.

No me respondió.

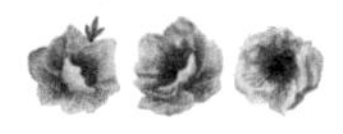

«¿Qué podemos hacer?».

El interrogante se quedó suspendido en el aire entre nosotras a medida que el sol descendía por el firmamento. Seguía ahí cuando lo vimos a lo lejos, cuando se acercó.

Seguía ahí, detrás de todas las palabras que pronunciamos aquella noche. En las galletas que masticamos y en el agua que bebimos. En el café y en el té. La mano de mi madre rozó la mía cuando fregamos los platos y su caricia me formuló la pregunta. Y todavía no habíamos dado con una respuesta.

A nuestro alrededor solo había hierba seca, arbustos secos, ramas secas de árboles moribundos.

Todo el tiempo pasado con Blake la había convertido en otra persona, y pensé en él, inconsciente y apestoso en su cama, y no entendía cómo mi madre nos había arrebatado la vida por aquello. No entendía por qué quería dormir con él en lugar de en la habitación que antes compartíamos ni por qué se quedaba hasta tarde bebiendo café con él en lugar de té de hierbas con miel en el sillón con estampado floral de la abuela. No entendía por qué había elegido una vida en la cual los únicos momentos en que hablábamos de verdad la una con la otra era cuando Blake estaba lejos. Ni por qué ya casi nunca me abrazaba y apenas me miraba a la cara.

«¿Dónde estaba mi madre?».

—Ay, Mila —dijo—. ¿Cómo saldremos de aquí?

—Lo conseguiremos —le aseguré, aunque no supe la respuesta—. Sé que lo conseguiremos.

Yo era valiente porque mi madre necesitaba que lo fuera.

Con qué claridad veía el pelo de mi madre bajo el sol, oía el latido de su corazón, su voz. Bajé el cuerpo hasta el suelo y apoyé la mejilla en el tablón de madera.

Blake conocía a mucha gente. La mayoría era pasajera. Llegaban, acampaban en la casa en una tienda de campaña o dormían sobre una sábana, se quedaban un día o una semana y luego se marchaban. Pero Peggy y Matty vivían cerca y nos visitaban a menudo. Los cuatro y quien estuviese por allí se sentaban junto al fuego, hablaban hasta altas horas de la madrugada, bebían cerveza o vino o alcohol directamente de la botella. Yo a menudo me mantenía alejada, sobre la plataforma que se alzaba cerca de la cima de la colina o en mi lugar en el extremo de la casa, leyendo con una linterna o intentando dormir. Pero esa noche no. Mi madre me necesitaba, lo presentía, así que me senté junto al fuego.

—Anda, mirad. La pequeña se nos une —dijo Peggy cuando me vio—. Por lo general te escondes por ahí.

Me encogí de hombros. Ladeó la cabeza y me examinó.

—Debías de ser una niña cuando la tuviste —le comentó a mi madre.

—Tenía quince años.

—¿Dónde está su padre? —preguntó Matty mientras abría otra botella de cerveza.

—Cuéntaselo tú —me indicó mi madre con una sonrisa. Yo había guardado silencio sin entrar en la conversación. Ella me invitaba a participar. Por lo tanto, les conté lo de la fiesta y la película y la conversación que siguió. Dejé a un lado el dolor que sentía por mis abuelos, por no volver a verlos; ahora no se trataba de eso. Se trataba de mi madre y de mí.

—Sabía que no sería un buen padre —les conté—, así que tomó una decisión.

—Hombres —terció Matty—. ¿Quién los necesita? ¿Verdad, señoras?

Peggy soltó una sonora carcajada. Aunque no supe si Matty estaba siendo autocrítico o si estaba siendo grosero. No supe qué decir ni qué expresión poner. Di gracias por la oscuridad, que la ocultaba.

Las llamas del fuego crepitaban y bailaban.

—Decisión —dijo Blake—. Decisión. Es una palabra interesante.

Peggy se rio. No supe por qué.

—Implica poder —añadió Blake—. Poder que tú no tenías, Miriam.

Mi madre agachó la mirada. No pude verle la cara.

—No sé si implica algo —dijo Peggy—. Parece muy sencillo. Podría haberle dicho que estaba embarazada. Decidió no hacerlo.

—Ese comentario sí que es certero. —Blake señaló a Peggy—. Pero no es lo que Miriam y Mila intentan transmitir. Su historia, según la han formulado, es que Miriam en cierto modo tenía el poder de determinar si aquel muchacho iba a tener el privilegio de ser el padre de Mila. Es típico de Miriam, la verdad. Muy típico. Ella es un tesoro. Su hija es perfectísima. Qué afortunado habría sido el tipo al descubrir que una tía a la que se folló en una fiesta esperaba un hijo suyo. Seguro que habría estado muy dispuesto a renunciar a su futuro para aceptar un trabajo con el salario mínimo y pasarse la vida al servicio de las dos.

Mi madre seguía con la cabeza gacha. Sacudía los hombros, y no distinguí si estaba riendo o llorando.

Quizá las dos cosas a la vez.

¿Y yo? Yo agarré las palabras de Blake y las soplé bien lejos. Las despojé de toda la crueldad hasta que, debajo de las estrellas, con el fuego bailando sobre nuestros rostros, con Peggy observando las llamas con mirada perdida y Matty riéndose a carcajadas, con mi madre quizá riendo o quizá llorando, escondiéndose de mí en la negrura, solo oí una cosa.

Mi madre pensaba que yo era perfecta.

Mi cabaña empezó a llenarse de humo. Eché un vistazo a la puerta de la estufa de madera. Estaba bien cerrada.

El día en que cumplí catorce años, mi madre gastó las propinas del turno de la noche anterior para comprarme un jersey azul en el centro comercial. Lo envolvió con un lazo y me lo dio mientras Blake asaba trozos de carne baratos para acompañar a las verduras que cenábamos todas las noches.

Me lo puse enseguida; era tan calentito y suave que quise acostarme temprano y quedarme dormida con él. Pero Blake me dijo que esperara.

—Yo también tengo algo para ti. —Me dio una cajita, se parecía a las que tan a menudo entregaba a mi madre. Vi cómo los ojos de ella se oscurecían por la confusión. Abrí la tapa y encontré un par de pendientes. De oro. A mi madre siempre le había comprado pendientes de plata.

No pude mirarla a la cara.

—No tengo agujeros en las orejas —le dije.

—El mejor momento es el presente —me respondió—. Una mujer de catorce años debería llevar pendientes. He traído un poco de alcohol para la ocasión. No querrás una infección de esas que tu madre no para de sufrir. Solo hace falta un poco de higiene.

—Blake —dijo mi madre—. Conozco un sitio. Tienen una herramienta especial. Una pistola. Llevémosla allí.

Él empapó los pendientes con el alcohol, se vertió un poco más en los dedos y me frotó los lóbulos de las orejas.

—¡Será divertido! —exclamó mi madre—. Iremos en plan familia. Es una pistola especial. Es superrápido. Blake.

Pero no la escuchó. Me clavó los pendientes en los lóbulos. Un dolor agudo y luego otro, y después horas de pulsaciones hasta que mi madre se acercó a mi cama con dos fundas de almohada vacías y hielo en un vaso de papel de la tienda. Dividió el hielo entre las dos fundas. Me pidió que me tumbara de espaldas para que pudiera presionar el hieleo contra mis dos orejas al mismo tiempo.

Las estrellas destellaban ante mis ojos. Me palpitaban los lóbulos de las orejas. Estaba en el suelo de mi cabaña con los brazos alrededor de las rodillas.

«Respira una vez y luego otra», me dije.

Me dirigí hacia la puerta y la abrí; tropecé hacia la tarde, el sol se estaba poniendo. Billy y Liz salían de la segunda choza.

—¿Vienes con nosotros? —me preguntó Liz.

—¿A dónde?

—A la casa. —Billy ladeó la cabeza—. Para la cena. ¿Estás bien?

—Ah —dije—. La cena.

Liz dio varios pasos hacia mí.

—Oye. —Me miró con los ojos entrecerrados—. ¿Qué te ha pasado en las orejas?

—¿En las orejas? —Me toqué una y luego la otra. Cuando bajé la mano para mirármela, tenía la punta de los dedos manchadas de sangre—. Ah. Sí. Los pendientes. Yo... Él me los clavó. —Me pesaba la cabeza, mi mente iba a la deriva—. Creo que no voy a ir a cenar —dije—. Todavía no. Id vosotros.

Les di la espalda. Había algo junto a mi puerta. Una cajita marrón. La recogí del suelo, pero esperé hasta que los pasos de Billy y de Liz se desvanecieran en la distancia para abrirla. Cuando supe que estaba sola, desaté el lazo y levanté la tapa.

Un par de pendientes. De esmeralda.

La siguiente vez que los amigos de Blake se presentaron para beber y hablar junto al fuego, decidí mantenerme alejada. Me tumbé sobre la colina en mi saco de dormir, con una novela y una linterna. Me zambullí tanto en el mundo del libro que no me di cuenta del momento en que Blake se fue a dormir, demasiado borracho como para seguir socializando. No me di cuenta de que Peggy intentó levantarse, pero cayó hacia atrás y se alzó de nuevo con el jersey en llamas. No la vi arrancarse el jersey ni lanzarlo sobre unos arbustos.

Estábamos en California, era verano. La colina se incendió en cuestión de segundos.

Mi madre chilló y yo me incorporé. Lo vi debajo de mí, naranja y blanco y ardiente.

—¡Mila! —gritó—. ¡Blake está dentro! ¡Despiértalo! —Y en ese momento Peggy y Matty y ella y quienquiera que estuviese allí esa noche echaron a correr colina abajo hacia la calle, lejos de las llamas.

Me precipité por la colina, resbalé y me rasgué mi único par de pantalones vaqueros. Y al poco llegué a la casa sin terminar y abrí la puerta de la habitación de Blake.

—¡Mila, te he encontrado!

Lee corría en mi dirección a través de la hierba. Lancé la cajita hacia atrás. No quería que él la viera.

—Liz me ha dicho que a lo mejor seguías aquí. La cena está servida.

—¿Ya? —le pregunté.

—Sí, el cielo está oscuro. ¿No lo ves?

—Sí que lo veo. —Levanté la mirada.

—No te encuentras bien. Es por los fantasmas, ¿verdad?

—No lo sé. Creo que quizá estoy… Creo que necesito…

—Ven a cenar y luego te vas a dormir temprano. ¿No tienes hambre?

—Sí que tengo hambre —respondí.

—Vamos —dijo—. Caminaremos poco a poco. Yo te sostengo la mano.

La mayoría ya se había sentado cuando me dejé caer sobre el extremo de uno de los bancos. La cena tenía muy buena pinta —crema de calabacín con aceite de oliva y albahaca y pimienta negra, pan caliente y ensalada— y, de repente, estaba famélica.

—¿Te encuentras bien? —me preguntó Emma, que estaba a mi lado.

—Estoy un poco cansada —dije.

—Se te ve algo… apagada.

—Es que… no he dormido bien.

—Vale.

Me pasó el bol de la ensalada y su pulserita de oro brilló bajo la luz.

Me llené el plato de lechuga y zanahorias y rábanos y cebolletas del huerto, olí a estragón y el aroma del vinagre de manzana. Julia colocó un cuenco con crema junto a mi plato, seguido por el pan y la mantequilla.

Quería llenarme, quería consolarme. Billy estaba en la otra punta de la mesa con los pequeños. Liz, en un rincón, su cara entre las sombras.

Probé una cucharada de la crema; esperaba degustar la habitual dulzura, pero tan solo me sabía a humo. Quizá Terry había preparado una nueva receta. Quizá había chamuscado los calabacines antes de triturarlos para el puré. Barrí la mesa con la mirada. Los pequeños engullían la crema a cucharadas, mojaban pan y masticaban. Liz se llevó una cucharada a la boca. La vi paladearla y hundir la cuchara de nuevo.

Preferí comerme la ensalada. Pero a pesar del crujido de la lechuga y del olor que desprendía el aliño, también me supo a quemado. Me obligué a tragarlo, me rugían las tripas. Le di un sorbo al vaso de agua, pero no me quitó el sabor. En cierto modo, lo empeoró incluso.

—Ay, por cierto —exclamó Jackson—. Liz, cuéntales a todos lo que nos has enseñado hoy.

Liz hizo una broma y todos se rieron y luego empezó a contar su historia.

El pan y la mantequilla. Estarían buenos y bastarían para llenarme. La mantequilla se derritió cuando la unté sobre una rebanada aún caliente. Le pegué un bocado, hambrienta y desesperada, pero fue peor que los anteriores. Se me llenó la boca de cenizas. Ardientes, asquerosas. Noté la presión de un recuerdo.

Aquí no, pensé. *Ahora no*.

Estaba en la casa sin terminar y abría la puerta de la habitación de Blake.

No.

Me encontraba nuevamente en la mesa con los demás.

Blake estaba sobre el colchón. Se removía un poco. Quizá una parte de él olía el humo y percibía el peligro.

Incluso en aquel apremiante momento, el tiempo pareció detenerse.

—¡Sálvalo! —me chilló mi madre desde la calle.

Me quedé en la puerta de su habitación. Estaba despatarrado en su nueva cama, la cama donde se follaba a mi madre, la cama que había comprado con el dinero de mis abuelos.

Podría despertarlo.

Mañana sería otro día.

Se levantaría y nos devoraría otra vez.

Mentiras y engaños. El modo en que la alejaba de mí y se adueñaba más y más de ella. Mi fantasma..., de eso también se apropió. Y nos hizo daño a propósito. Y emponzoñó todas las cosas buenas: las amapolas de California, las horas que mi madre pasaba conmigo, incluso nuestra propia historia.

Mi corazón bombeaba rabia, en lugar de sangre. Al principio fue una punzada en el pecho, ceguera. Y luego me regresó la visión. Las llamas se acercaban.

Todavía tenía tiempo de salvarlo. Solamente tenía que lanzar algo en su dirección. Darle una patada. Chillar.

Quizá durante el día hubiera sido un monstruo, pero en ese instante no era más que un hombre dormido. Carne y huesos y un corazón que latía. Pelo y ropa. Pulmones que se llenarían de humo.

Las llamas prendieron las cortinas que se cernían sobre la cama.

Solamente tenía que advertirle.

El fuego devoró las sábanas. Si me ponía a gritar, lo despertaría.

Y entonces las llamas se encontraron con su pelo, con su ropa. Lo vi revolverse. Podría haberlo salvado, pero tomé una decisión.

Pan y mantequilla y cenizas en la boca.

Me entró una arcada y la comida cayó sobre mi plato, pero lo que lo llenaba no se parecía en nada al pan. Era un polvo negruzco.

Aquella imagen me provocó náuseas. Vomité ahí mismo, sobre el suelo de la casa de Terry y Julia; no era comida, sino cenizas, cenizas húmedas y grumosas y malvadas. Como nuestras pertenencias ennegrecidas y destrozadas cuando todo terminó, primero empapadas y luego olvidadas.

Me incorporé del banco con las manos sobre la barriga, embargada por la vergüenza. *¿Cómo era posible que yo fuera tan repugnante?* Hacia mí se habían vuelto muchos rostros: Liz y Billy y Lee, Terry y Julia, Emma y Hunter y Jackson, Darius y Blanca y Mackenzie y James, Diamond y Ruby; todos estaban horrorizados.

—Lo siento mucho —sollocé—. No quería…

Salí por la puerta cuando la estancia se llenó de humo y de fuego.

—No podía…

Me alejé de él antes de que las paredes se derrumbaran.

—No sé qué está pasando —dije, y se me revolvieron las tripas de nuevo, y tuve que taparme la boca.

Julia se encontraba ahora a mi lado y me pasaba un brazo por la cintura con fuerza.

Lo dejé ahí, a un hombre, para que muriera siendo pasto de las llamas.

—Ven conmigo —me dijo Julia.

Y le permití que me alejara de allí.

Una hora más tarde, salí del cuarto de baño de la planta baja, todavía con un ligero regusto a cenizas en la boca a pesar del nuevo cepillo de dientes y la pasta que me había dado Julia. Me los había cepillado dos veces, me había frotado la lengua, pero el sabor no desaparecía.

Aun así, estaba más tranquila. Estaba limpia, tenía la piel caliente por el baño que Julia me había preparado y olía bien, a las sales de baño de lavanda y romero que ella misma elaboraba. Habían fregado el suelo de la cocina y la casa estaba en silencio. Terry estaba sentado a la mesa, solo.

Levantó la vista cuando me vio acercarme.

—Vayamos al salón —me propuso. Una vez allí, me senté en el sillón y él ocupó un asiento delante de mí, en el sofá. Se aferró las manos—. Bueno —dijo—. ¿Es el incendio?

Asentí. Quería que todo tuviera sentido. El olor de las monedas en la mano, el corte en el pie, las amapolas y los pendientes y la ceniza…, pero cuanto más me esforzaba por encontrarle la lógica, más se nublaba todo. Regresé al presente, a la pregunta de Terry. Al incendio.

—¿Por qué…? —empecé—. ¿Por qué está dentro de mí?

Comenzó a hablar, pero enseguida se detuvo.

—Ojalá tuviera las respuestas —dijo. Pero sus palabras no me parecieron adecuadas. O, mejor dicho, no me parecieron suficientes.

—¿Por qué nos traéis hasta aquí? —le pregunté.

—A Julia y a mí la granja nos curó. Cuando llegamos, estábamos perdidos. Encontramos la manera de reconectar con el otro, con nosotros mismos. Ha curado a muchísima gente. A ti también te puede curar. Si se lo permites.

Negué con la cabeza. Me miré las manos, agarradas sobre el regazo.

—Me da la sensación de que me está destruyendo —comenté.

Me dio la espalda y se encaminó hacia la oscura ventana. Yo lo imité y vi nuestro reflejo: Terry y yo, juntos. Ya no éramos unos desconocidos. Y entonces oí pasos que procedían de su dormitorio. Apareció Julia con el pelo recogido en una trenza, vestida con un pijama de franela.

—¿Cómo estás? —me preguntó. La preocupación que irradiaban sus ojos, la forma en que me observaba con tanta atención… Me quería allí. Me arrebujé la bata azul oscuro que una hora atrás me había prestado. Antes de marcharse para que me desnudara, me había besado en la mejilla sin darle importancia al vómito de cenizas de mi pelo.

—No lo sé —respondí.

—Lo superarás, Mila —me aseguró Terry.

—Confía en nosotros —dijo Julia.

Ojalá supieran lo difícil que era. Casi imposible. Ojalá pudiera entregarles mis recuerdos, intactos, para que vieran los pendientes y las conchas y las maneras en que había sido engañada. Para que vieran a Lorna y con qué certeza había creído en ella. «Ah», dirían. «Ya veo».

Y acto seguido me lo contarían todo sobre los fantasmas y la granja. Me ofrecerían respuestas a todas las preguntas que no sabía cómo formular. Sabrían qué ocurría dentro de mí. Me hablarían de Lee y del campo. Y yo sería lo bastante fuerte como para escuchar la verdad, por más que fuera a dolerme. En cuanto hubiesen sido totalmente sinceros, confiaría en ellos para siempre.

—¿Por qué huyó Samantha? —les pregunté.

Pensé en el paseo que dimos Julia y yo la primera tarde que pasé en la granja. «La gente necesita saber dónde encaja en el mundo», me había dicho. Yo quería saber por qué estaba ahí.

Julia cerró los ojos y se frotó el entrecejo con sus largos y elegantes dedos. Tenía las uñas cortas, oscuras en los extremos por la suciedad que nunca se iba. Terry levantó la vista del suelo y me miró fijamente a los ojos.

—Todos los que se unen a nuestra familia han sufrido. Han sufrido muchísimo. Algunos son más resilientes que otros. Intentamos elegir bien, pero algunos jamás encuentran la paz aquí. —Se pasó las manos por la cabeza y las bajó hasta los costados—. Quizá la granja empeora la situación de esas personas. Esa posibilidad me pesa mucho.

Asentí. Comprendía algo de lo que me estaba diciendo, pero no sabía qué clase de persona era yo. No sabía si mi destino ya estaba decidido. ¿Acaso la granja me estaba cuidando y enseñando el camino, o hacía que todo resurgiera para que me persiguiese? Vi lo bueno y lo extraordinario y lo malo y lo repugnante. Lo vi todo. Pero una voz, ya entonces, susurraba que todo aquello era una misma cosa. No había que analizar nada. Revelación y oscuridad, terror y poder, belleza y repulsa, alegría y vergüenza; todo junto en una sola maraña. Horrible y preciosa. Y era mía para siempre.

—Me voy a la cama. —Me levanté.

—Mila. Espera —me pidió Terry—. He querido hablar contigo sobre la otra noche. No siempre sé cómo hacerlo. No siempre lo hago bien.

Lo estaba escuchando, pero también estaba mirando por la ventana, hacia mi cabaña. Estaba preparada para marcharme.

—Mila —me llamó de nuevo—. ¿Puedes mirarme a los ojos?

Lo miré, y en su rostro vi más cosas que nunca. Vi que a veces era amable y a veces era terco. Vi que no solo era un tipo de hombre. La calidez ascendió hasta sus ojos. *¿Por qué?*, me pregunté. Y entonces me percaté de que la calidez se debía a mí.

—Tú, amiga mía, te has aproximado a nosotros con una franqueza que me dejó anonadado. La primera noche en el piano. La forma en que escuchas a todo el mundo, siempre que uno de nosotros está hablando. Te fijas en la gente. Sabes qué hay que hacer y lo haces. Siempre que se limpia un desastre o se lleva a cabo una tarea olvidada, pienso: «Ha sido Mila». Y aunque no hubieras hecho ninguna de esas cosas, me importarías igualmente.

Asentí. En mi pecho nació una tormenta.

—Alguna noche, una de estas, estoy convencido, todo este misterio dejará de ser tan complicado. Ninguno de nosotros llegará a comprenderlo en su totalidad, pero arrojarás algo de luz.

Deseé que sus palabras fueran verdad. Intenté creerlo.

—Me cuesta estar con personas que sufren —añadió—. Sobre todo si son niños. Y contigo no he sido paciente, no he sido amable. Estaba preocupado por Lee, pero esa excusa es muy mala. No pasa un solo día sin que también me preocupe por ti.

—¿Por qué?

Señaló hacia la ventana con la atención clavada en mí.

—Necesito que seas valiente —dijo—. Necesito que te enfrentes a ella, aunque sea doloroso.

Aparté los ojos. Era demasiado.

—¿Te acompaño para cruzar el campo? —se ofreció Julia.

—No me pasará nada —dije—. Pero gracias.

Me ceñí más la bata al salir a la noche. Un fantasma pequeño jugaba con otro niño fantasma en la hierba, así que opté por ir por el camino. La gigantesca luna llena iluminaba el cielo. Mis pies hacían crujir la gravilla. Y entonces de la niebla surgieron dos chicas fantasmas con las manos agarradas. «Gemelas». Me quedé sin aliento, pero seguí andando, demasiado cansada para pensar en lo que significaba. Llegaría hasta mi cabaña y procuraría no pensar en ello demasiado, intentaría quedarme dormida y el sol saldría para dar paso a un nuevo día. En mi dirección se acercó otro destello, esa vez uno que daba vueltas y saltos. Se me aproximó tanto que tuve que taparme los ojos, pero al poco había desaparecido.

las olas

A medida que pasaban las horas del día, la cercanía de la noche me aceleraba el corazón. No quería estar a solas en mi cabaña, así que me puse a caminar por el camino y salí por la verja, como había hecho con Julia el primer día que pasé en la granja y tantas otras veces con Billy y Liz durante las mágicas y raudas semanas en que fuimos amigos.

Seguí el camino hacia el acantilado, emprendí el sendero descendente. Estábamos a finales de octubre. Hacía frío. No había nadie allí. Debajo de mí estaban las rocas y el océano, y no había motivos para tener miedo. Me senté y me rodeé las rodillas con los brazos, dispuesta a contemplar la puesta de sol. Pero entonces vi a alguien a lo lejos, cerca del agua. Vi a alguien y luego lo vi con mayor claridad.

—¡Lee! —lo llamé. Lo saludé con la mano. No me devolvió el saludo. ¿Qué hacía tan cerca del agua, solo y tan tarde? Me levanté e inicié el descenso, y cuando me aproximé vi la expresión que tenía. La misma que el primer día de escuela.

Estaba pálido y tembloroso.

Conforme me acercaba, me pareció ver que comenzaba a moverse y luego cambió de opinión, como si una fuerza que no era suya lo retuviera en contra de su voluntad.

—¿Qué haces aquí? —le pregunté cuando lo alcancé—. Sabes que no deberías estar aquí solo. No deberías estar aquí tan tarde.

Negó con la cabeza. No me miraba a los ojos. Apretaba los puños, en que escondía algo.

—¿Qué tienes ahí? —le pregunté, intentando que mi voz sonara tranquila y amable. Supe que estaba asustado, pero de mí no debía tener miedo. Quizá antes sí, pero de eso hacía mucho tiempo. Esa era otra vida.

Meneó la cabeza.

—Enséñamelo —insistí. Pero a esas alturas fui capaz de ver lo que agarraba. También vi que llevaba los bolsillos llenos. Al principio no entendí por qué me lo ocultaba. Y luego caí en la cuenta.

Se me oscureció la visión. El calor se apropió de mi cara.

—Enséñamelo —repetí.

Aflojó los puños y dejó que cayera sobre las rocas lo que sujetaba.

—¿Y en los bolsillos?

Se vació los bolsillos. Más cantidad cayó sobre las rocas.

Conchas. Un montón de conchas.

Quise pensar que lo había malinterpretado. Que las conchas no tenían nada que ver con lo que le había contado aquella noche en el salón, cuando estábamos sentados frente al chisporroteo del fuego y me dijo que tenía miedo y yo le confesé que yo también. Pero en su expresión de culpabilidad no había ambigüedad alguna, no había duda alguna en el modo en que encorvaba los hombros, la vergüenza que sentía por que lo hubiera pillado.

Me llevé las manos a la cara y me tapé los ojos. No podía mirarlo. Las olas rompían. Quería que el mar me tragara. Sentir la negra y gélida profundidad. Que desapareciera el dolor que sentía.

Bajé las manos.

—Me has engañado —dije.

—Pero…

—¿Las amapolas?

Asintió.

—Pero no sabía que…

—¿Los pendientes? —grazné.

—Sí, pero…

Me cubrí los oídos con las manos. No quería oír lo que fuera a decirme. Se había roto, se había acabado. Todo lo que creía que compartíamos.

No deberíamos encontrarnos junto a las rocas en pleno crepúsculo. Eso ya lo sabía. Y también sabía que la rabia que nacía en mi interior escapaba a mi control. Absorbería toda la luz que quedaba. Yo era una persona despreciable, una persona desgraciada, una mala persona. Menuda estupidez pensar que podría ser buena.

Creía que Lee me quería, pero no. Creía que era merecedora de su amor, pero tenía que darle la espalda e irme.

No lo dejé que dijera nada más. Me limité a subir a toda prisa por las rocas, con el océano estridente tras de mí, la marea cada vez más alta. Supuse que Lee me atraparía porque corría muy rápido, así que me obligué a ser más veloz que él por mi propio bien. Nadie podía confiar en mí. Yo era un peligro para él. Era una muchacha de catorce años con quejas y cerca de arbustos secos y llamas, la misma chica que fui cuando sucedió, y que caía en las mismas trampas.

Pero cuando llegué a la cima del acantilado, Lee seguía sin haberme alcanzado.

No oí sus pasos a lo lejos.

Me detuve.

Ni rastro de pasos tras de mí. Y entonces recordé que Lee había estado a punto de echar a correr, pero que no lo había hecho. Se había mantenido erguido en una postura rara y totalmente inmóvil.

Me giré y miré hacia el lugar donde el acantilado se encontraba con el cielo. Me acerqué al precipicio. Ahí estaba Lee, en el mismo sitio, con el agua ya por las rodillas, incluso cuando las olas se retiraban. Estaba inclinado hacia delante, en apuros.

Estaba atrapado.

Y la noche de la casa sin terminar regresó hasta mí una vez más. Las llamaradas que se me acercaban al permanecer en el umbral de la puerta. La decisión que tomé. Durante unos espeluznantes instantes sobre el peñasco, para mí Lee no era Lee en absoluto. Era otra persona que me había engañado a sabiendas, otra persona que me había hecho daño. Y podría tomar la misma decisión por segunda vez y deshacerme de él también.

Pero en el medio segundo en que valoré la posibilidad de dejarlo allí, un grito se abrió paso en mi interior. Le había prometido a Lee que nunca lo abandonaría. Le había dicho que lo protegería, costase lo que costara. Y, por encima de todo aquello, lo quería.

Avancé lo más deprisa posible para bajar por el acantilado. Casi volé. Y al poco estábamos nuevamente cara a cara, y el agua ya le llegaba por la cintura, y me decía:

—Ayúdame. Mis pies.

Contuve la respiración y me sumergí, y noté el golpe del agua helada en la cara, en los ojos. Su tobillo estaba atrapado entre dos rocas. Intenté mover una, pero no se desplazaba. Salí a la superficie. Se acercaba una ola, que crecía y crecía, hasta que vi que nos pasaría por encima.

—Agárrate a mí —le dije—. Lo más fuerte que puedas. No te sueltes aunque te duela.

Nos agarramos el uno al otro cuando la ola rompió sobre nuestras cabezas. Nos empapó por completo y se alejó. El agua ahora me llegaba a mí por la cintura, a Lee por el pecho.

Volví a zambullirme y le rodeé el tobillo con la mano. Esa vez lo agarré mejor y tiré con todas mis fuerzas, lo bastante para que el pie de Lee se liberara. En cuanto salí a por aire, otra ola nos cubrió. El océano quería llevarnos. Aguanté la respiración y me agarré al pecho de Lee, con sus brazos alrededor de mi cuello, y noté que me arrastraban.

Y noté que seguíamos juntos.

Alcanzamos la superficie del agua, los dos escupiendo y tosiendo. Lee intentó comenzar a nadar hacia la orilla, pero le sujeté la mano.

—No te resistas —le grité—. Relájate. Nos mandará de vuelta a la orilla.

Y Julia estaba en lo cierto. Así fue.

De nuevo estábamos sobre las rocas, por encima del agua, con la ropa pegada al cuerpo, pesada y fría. El pie de Lee estaba azul y sangraba. Olí a metal y a sal. Me quité la camiseta y la até alrededor de su pie lo más fuerte que pude. Me volví a poner el jersey empapado y le indiqué que subiera sobre mi espalda y me rodeara los hombros con los brazos, y no sé cómo, pero encontré la manera de subir el acantilado y regresar a casa.

No habían estado preocupados por nosotros. Más tarde, Julia me dijo que, cuando repararon en la ausencia de Lee, también se dieron cuenta de la mía. Supusieron que habíamos salido juntos —alumno y profesora, hermano y hermana— para disfrutar del crepúsculo.

Por lo tanto, no esperaban nada extraño cuando crucé la puerta a toda prisa con Lee a caballito, los dos calados hasta el tuétano, el pie de Lee sangrando por mi pierna y más abajo, hasta el punto de que dejé pisadas rojizas por la cocina.

—Madre de Dios —exclamó Terry, y se me acercó enseguida para ocuparse de Lee. Qué ligereza sentí al notar que lo alzaba, después de haberlo llevado tanto tiempo a cuestas. Julia y Liz se levantaron de la mesa con expresión conmocionada.

Julia corrió hacia el teléfono mientras Liz agarraba toallas del armario de la ropa de cama. Me rodeó a mí con una toalla y luego a Lee con otra mientras Terry quitaba mi camiseta del pie de Lee. El pequeño gimió cuando notó el tirón. Yo intenté mirar, pero tan solo veía los bolsillos de Lee llenos de conchas, su mirada al ser descubierto, y tuve que cerrar los ojos.

—Mierda —dijo Terry. Nunca lo había oído pronunciar una palabrota, nunca lo había oído hablar con voz tan baja.

Abrí los ojos y vi el tajo sangriento que recorría el tobillo de Lee.

—¿Qué ha pasado? —preguntó Terry.

—Se me ha quedado enganchado el pie entre las rocas —dijo Lee—. No debería haber bajado.

—¿Has ido tú solo?

—Sí.

—Lee —lo regañó.

—Lo siento —murmuró con una vocecilla.

—Aguanta. —Terry se dirigió al cuarto de baño—. Voy a por las gasas.

—Sigues temblando —me dijo Liz—. Tenemos que conseguir que entres en calor.

—Solo quiero ir a la cama —dije.

Me levanté.

—Cuida de ella —le pidió Terry a Liz—. Ocúpate de ella. ¿Vale? —Estaba agarrando media docena de objetos de un botiquín gigantesco.

—Por supuesto —contestó Liz.

Empecé a alejarme, pero Lee me tiró del brazo.

—Espera. —Me agarró por el cuello y acercó la boca a mi oído—. Las amapolas eran un regalo. Yo entonces no sabía nada. ¿Te acuerdas? Estaba muy contento por que estuvieras aquí. Pero los pendientes, las conchas… Pensaba que querías que te lo diera. Pensaba que te ayudaría…, como me dijiste.

—¿Que me ayudaría? —le pregunté mientras me soltaba.

Asintió. Me apretó fuerte y me atrajo más hacia sí hasta que noté su aliento en la mejilla, sus labios tocándome la oreja.

—Que te ayudaría a no tener miedo.

Todo regresó hasta mí.

Los cuentos. El dibujo de mi fantasma. Las palabras que le había dirigido cuando intenté ayudarlo: «Debemos enfrentarnos a las cosas que nos dan miedo. Tal vez sea la única forma de dejar de tener miedo». Todo volvió a mí y lo comprendí y tuve que marcharme de la cocina.

No podía permanecer ni un segundo más en la casa, pero cuando empecé a cruzar el campo con Liz a mi lado, me flaquearon las piernas y tuve que apoyarme en ella. Le permití que me guiara al baño en lugar de a mi cabaña. Ya ni siquiera sabía qué quería, tanto daba.

Calentó el agua al máximo. Yo estaba empapada y temblaba y no sabía qué hacer. Tenía los brazos inertes a ambos lados. Nunca había estado tan cansada.

—He hecho cosas espantosas —sollocé—. Hice una cosa horrible.

—No —me dijo—. Has salvado a Lee.

—No me refiero a eso. —Lloraba con tanta intensidad que apenas conseguía respirar, pero las palabras salieron despedidas de todos modos.

—Te voy a ayudar a desvestirte —me dijo Liz—. ¿Vale?

—Vale.

Fuera el jersey mojado y empapado.

En mi primer hogar de acogida, en el que estuve antes de ir a la casa de Amy y Jonathan, creí que sentiría culpa. Creí que sentiría vergüenza. Cuando esos sentimientos no aparecieron, busqué qué les ocurría a las personas que morían en un incendio, cómo se apagaban sus cuerpos. Pero a pesar de las cosas horribles que encontré, seguía aliviándome que Blake hubiese muerto. Estaba toda llena de rabia y sin remordimientos. Todavía temblaba al pensar en cómo nos había destruido.

Lo odiaría eternamente. Recordaría cómo ardió y ese recuerdo no me avergonzaría.

Pero ¿en qué clase de monstruo me convertía eso?

—Supe que se iba a morir —dije—. Supe que se iba a morir. Supe que se iba a morir, y lo dejé allí para eso, y murió a causa del fuego.

Ahora estaba desnuda, temblando.

—*Chist* —me dijo Liz—. *Chissst* —repitió—. Venga, ven. Yo te ayudo.

—Soy mala —dije—. Soy peligrosa. Nadie debe fiarse de mí. Ella me dijo que lo salvara, pero yo al final lo maté.

Liz me agarró del brazo y me condujo hacia la bañera. Todo mi cuerpo se zarandeaba, y no sabía si era por el frío o por la traición o por cómo me había decepcionado. Cómo me había decepcionado a mí misma. Había confesado, había dicho a las claras por primera vez lo que había hecho, pero nada había cambiado. Ni siquiera la forma en que me miraba Liz era diferente. Su rostro mostraba preocupación, que yo no merecía.

Me ayudó a entrar en el agua caliente. Mi cuerpo no sabía qué sentir. Me tumbé. Me tapé la cara con las manos.

—Creía que me estaba persiguiendo —comenté.

—Quizá sí.

—No. Era Lee.

—¿Lee?

—Me engañó. O yo lo engañé a él. No lo sé. He estado a punto de dejarlo allí.

Lo vi de nuevo: Lee junto a las rocas, lanzando las conchas al suelo, con el pie atrapado y sin pedir ayuda. Habría muerto. ¿Cómo había albergado yo alguna duda? Lee se había adueñado de mi corazón.

Pero ¿qué le había estado haciendo todo ese tiempo?

Le había contado demasiadas cosas. Le había dejado que se ocupara de mí. Lo había envuelto con mis miedos, con la intención de que me arreglara, y casi murió al procurar darme lo que yo necesitaba.

—Lee —murmuré—. Lee, lo siento. Lee, lo siento.

—Mila —dijo Liz—. *Chist.* —Pero seguí repitiéndolo una y otra vez. Intenté parar, pero no podía.

Lee tenía razón. Yo había querido que me persiguieran. Había necesitado que me persiguieran.

—Lo siento —volví a decir.

La ropa de Liz cayó al suelo. Noté cómo entraba en la bañera. El agua me cubrió los hombros cuando se tumbó a mi lado. Me rodeó el cuerpo con los brazos y me estrechó hacia sí, y fue entonces cuando dejé de temblar.

—Da igual lo que hicieras —me aseguró, mi espalda contra sus pechos, sus brazos en mi torso, su mejilla contra la mía—. Ahora estás aquí y ha terminado.

—Lee, lo siento mucho.

—*Chist* —dijo.

Al otro lado del campo, las luces de la casa estaban encendidas. Al cabo de poco, oí el crujido de ruedas sobre el camino de tierra y supe que era el coche del doctor Cole. En ese momento comprendí que Lee se pondría bien. No lo llevarían por la autopista hacia el pueblo. Todo lo que necesitaba podía llevarse a cabo allí. Le dieron veintitrés puntos, una dosis de calmantes y una taza de leche humeante. Julia, preocupada por el ahogamiento secundario, transportó su mecedora desde la habitación de los pequeños hasta la de Lee para pasar la noche a su lado, observando cómo le subía y le bajaba el pecho.

Para cuando el doctor Cole atravesó el campo para dar conmigo, Liz me había secado y me había puesto el pijama y me había tumbado en la cama junto a un fuego chisporroteante.

—¿Cómo te encuentras? —me preguntó el médico. No supe qué responder, así que no contesté nada. Cruzó la cabaña y me puso una mano en el hombro. Y murmuró—: Será un momento. —Cerré los ojos al notar la presión fría del metal sobre mi pecho. Escuchó mis pulmones y mi corazón—. Muy bien —dijo al acabar.

El domingo dormí hasta tarde y me desperté cuando la luz se colaba por las cortinas. Liz y Billy ya estaban en el mercado, seguramente con la segunda taza de café, seguramente contando el dinero y conversando con los clientes. Enterré la cabeza en la almohada y me quedé dormida de nuevo.

Al cabo de un par de horas, Julia se presentó con una bandeja con huevos y té y mandarinas. Me dio un beso en la coronilla y no me pidió que hablara con ella.

A última hora de la tarde, Terry apareció con pan y sopa.

—¿Cómo está Lee? —le pregunté.

—Está bien. —Terry se sentó en el extremo de mi cama. Me agarró la mano—. Gracias a ti —añadió, pero yo no me merecía el cumplido. Debió de quedarse sentado y aferrando mi mano hasta que volví a dormirme, porque no recuerdo verlo marcharse.

A Lee y a mí nos dieron el día siguiente libre. Como no tenía que ir a la escuela, dormí tanto como pude, porque no sabía qué otra cosa hacer. No sabía si Lee iba a querer verme siquiera. Pero ya avanzada la mañana, cuando entré en la cocina, me lo encontré sentado a la mesa. Me estaba esperando. Llené el hervidor y encendí el fogón. Metí un par de cucharadas de hojas de té en un filtro. Esperé a que el agua hirviera y a que el té infusionara. Solo entonces reuní suficiente fuerza para enfrentarme a él.

Me senté a la mesa a su lado.

Lo miré a la cara.

Me tomó la mano.

—Lee —dije—. Lo siento.

Se lo dije sin llorar. Se lo dije por él y no por mí.

Lee apoyó la cabeza en mi hombro, el mejor regalo que me habían hecho jamás.

llévame de vuelta

Hubo un tiempo en que, después de lo que todos acabamos llamando «el accidente», las cosas volvieron más o menos a la normalidad. Regresé a la escuela para dar clase a las gemelas. Cooperaban sin parar, me elogiaban sin parar, pero yo solo quería a Lee. Cuando retomó las clases, tuve que obligarme a dejar de mirarlo fijamente cuando leía en voz alta o escribía las cifras, cuando avanzaba cojeando hasta el armario y nos decía que estaba bien. Habíamos sobrevivido, me recordé al notar un nudo en el pecho. Habíamos pasado por grandes apuros, pero ahora estábamos bien.

El doctor Cole se presentó un día para examinar a Lee y descartar la infección, y luego, dos semanas después del accidente, llegó a quitarle los puntos. Me senté junto a Lee y le agarré la mano mientras el doctor Cole cortaba y tiraba y secaba los puntos de sangre con alcohol.

—Ojalá aquella noche hubiera podido curarte allí mismo —le dijo a Lee—. Lo siento mucho, jovencito.

—No se preocupe —le respondió Lee intentando sonar fuerte. Pero me apretaba la mano y deseé que me la apretara todavía más. Deseé que me rompiera los huesos.

Había visto apariciones como castigo, supuse. Pero era difícil, cuando había fantasmas por todas partes, averiguar qué era real y qué era imaginado. Las siluetas brillantes, las sombras, la fantasma al piano, la sangre en mi pie y en mis orejas..., todo eso había sido real. Era la prueba de que ahí afuera había algo, aunque no se hubiese tratado de Blake. Ahí afuera había algo, pero no era lo que había creído.

Empecé a prestar una mayor atención. Por primera vez, observé de verdad a los fantasmas, uno a uno. El pequeño al que Lee había mecido aquella noche no regresó, pero cuando lo visualicé en mi mente vi cuánto se parecía a Lee. La misma naricilla, la misma forma de la boca. El resto de los fantasmas me resultaban desconocidos, a excepción de las gemelas, por supuesto. Las vi una noche por la ventana de mi cabaña con las manos entrelazadas. Incluso desde lejos pude identificar cuál era Diamond y cuál era Ruby.

Y entonces una noche sucedió que Terry y yo estábamos en la ventana de la cocina, y sobre la hierba apareció la fantasma bailarina. Una sensación me embargó —un mareo, una falta de aliento—, y empecé a girarme.

Pero Terry me aferró el brazo para impedírmelo.

—Recuerda lo que te dije —comentó. Y, así, la miré.

Se encontraba lo bastante cerca como para que viera su larga cabellera, las curvas femeninas de su cuerpo, sus pantorrillas y sus pies descalzos.

Yo quería que no se acercara más, pero también quería liberarme del miedo.

Al salir de la casa, me encontré con Liz, sentada en los escalones que daban al vestíbulo, bebiendo un té.

—¿Te importa si me siento contigo? —le pregunté, y se desplazó para dejarme sitio a su lado.

Me ofreció la taza y le di un sorbo. Té de menta. Me devolvió al día en que conocí a Nick, cuando me habló de la escuela y me habló del mercado, pero no me dijo nada en absoluto. Aun así, el té hizo que me pareciera que empezaba de cero. Que quizá empezar de cero todavía era posible.

Vi siluetas a lo lejos, cerca de la escuela. Dos adultos y dos niños.

—¿Son Billy y Julia? —pregunté. Liz asintió—. ¿Con las gemelas?

—Sí —contestó.

En cuanto mis ojos se adaptaron a la oscuridad, vi que Billy sujetaba la mano de Ruby y Julia, la de Diamond. Echaron a andar por el camino y señalaban las estrellas en el cielo. Imaginé a Billy identificando las constelaciones, a Julia relatándoles los mitos.

—Te lo voy a contar ahora —dijo Liz—. Si sigues queriendo saberlo.

Yo ya sabía a qué se refería. Asentí.

—Muy bien. —Clavó la mirada en el campo. Dejó la taza en el escalón. Y comenzó con voz firme—: Tenía seis años cuando mi madre me abandonó por primera vez. Estaba en primero de primaria. Una familia encantadora quería adoptarme, pero mi madre no dejaba de regresar, así que fui pasando de casa en casa. Una vez al año o así, aparecía de nuevo, me decía que me quería y me aseguraba que estaba luchando por mí. Tan pronto como me lo creía, se esfumaba nuevamente.

Le agarré la mano. Dos regueros de lágrimas le recorrían las mejillas, resplandecientes bajo la luz de la luna. Con la otra mano, con la mayor ternura posible, se las enjugué.

—Y entonces cumplí dieciocho años —añadió en voz baja.

—Habría sido más fácil perder toda esperanza —dije. Empaticé con su dolor.

—Sí. —Respiró hondo. Soltó el aire—. Nadie debería sufrir por culpa de esa clase de esperanza.

Antes de atravesar el campo para dirigirme a mi cabaña, les deseé buenas noches a Ruby y a Diamond y a Billy y a Julia. Liz se había ido a la cama, y creí que los fantasmas también. Me quité los zapatos y puse el disco de Billie Holiday. Encendí el fuego y me senté delante para que me calentara. Y acto seguido cerré la cortina y apagué la luz.

En el campo había algo que brillaba en la oscuridad. La niebla era espesa, así que no la veía con claridad, pero por el modo en que se movía supe sin lugar a dudas que se trataba de ella.

Mi fantasma me estaba esperando.

Supe que por fin había llegado el momento de ir a saludarla.

Me calcé los zapatos y abrí la puerta y salí al neblinoso frío.

La fantasma estaba en el medio del campo, bailando, igual que en mi primera noche allí. Pero cuando me acerqué eso no era todo. Oí música. Un piano. Una melodía ligera y rápida. Y entonces la canción terminó y el fantasma cerró los ojos y esperó a que comenzara una nueva canción. La reconocí desde las primeras notas. La reconocí de mi disco de Billie Holiday y la reconocí por haberla tocado al piano y la reconocí de mucho antes. Y cuando empezó a bailar otra vez, supe que me acordaba de todos los gestos antes de que los hiciera ella. Cuándo iba a levantar los brazos, cuándo iba a dar un giro o un salto. Recordé el baile porque a mí me lo habían enseñado y lo había practicado durante horas, no tanto por deber como por la alegría que me provocaba. Cuando hubo terminado, la música se detuvo también, y la fantasma se encaminó hacia mí.

Ahí estaba... Lo que me había esforzado durante tanto tiempo para no ver.

La fantasma tenía mi cara. Mi cuerpo. No como si yo estuviera en su lugar, sino como si fuera antes de haberme ido de la casa de mis abuelos. Era yo con trece años, suspendida en el tiempo en el último momento en que había sido un todo.

Nos aproximamos. Reconocí incluso su vestido, blanco con un corte de encaje azul pálido. Me lo había cosido mi abuela para mi recital. Ahora estábamos cara a cara. Ahí estaba la chica que había sido yo.

Era muy guapa.

No sabía qué iba a ocurrir a continuación.

—Me has reconocido —dijo con una sonrisa radiante, y su voz era tan encantadora como el canto de un ave.

—Sí, te he reconocido.

—Has tardado bastante.

—Ya lo sé —dije—. Pero aquí estoy.

—Baila conmigo —me propuso.

—No. —Negué con la cabeza—. No puedo.

—¡Venga! Tienes que bailar conmigo, va. Me está costando hacer bien este último movimiento. Debes enseñármelo.

Extendió el brazo a un lado y esperó.

Yo no quería. No quería.

Ella seguía esperando, con el brazo extendido.

Y entonces cambié de opinión.

Sí que quería.

Imité su posición. Ella movió el pie derecho y yo moví el izquierdo. Una al lado de la otra, levantamos los brazos por encima de la cabeza y nuestros pies se elevaron del suelo. Una al lado de la otra, nos inclinamos hacia delante y dimos medio giro, y mi pelo ondeando en el viento y ese movimiento que acababa de hacer me devolvieron mi vida.

Una vuelta. «Mira lo preciosa que eras». Un giro. «Mira cuánto amor merecías recibir». Una reverencia. «Mira lo intacto que está tu corazón». Un ascenso hacia el cielo. «Menudo milagro». Una pirueta sobre la hierba. «Con qué constante ritmo latía por la gente a la que querías».

Bailamos, la una al lado de la otra, en aquel oscuro campo de música. Bailamos con la niebla a nuestro alrededor; mis pies aterrizaban pesados sobre la hierba, los suyos lo hacían gráciles. Bailamos hasta que me quedé sin aliento y tuve que detenerme. Me la quedé mirando mientras giraba, con ríos de lágrimas por mi rostro, el costado dolorido por el esfuerzo de los movimientos, el corazón constreñido por los recuerdos. Me la quedé mirando y pensé que de las dos seguramente la fantasma era yo. La desvanecida era yo, y ella seguía siendo una muchacha vibrante y joven, llena de desenfreno y de luz.

Asimismo, era yo la que tenía un corazón palpitante, un cuerpo que me pedía parar y descansar, un tiempo que algún día se agotaría. De las dos, era yo la que tenía una responsabilidad para con el mundo, así que necesitaba despertarme.

—Mila —le dije. Y me pareció que no me había oído, pero entonces sus movimientos comenzaron a cambiar y lentamente, muy lentamente, llegó al final de su baile—. ¿Qué hacemos ahora?

Al principio me sorprendió su tristeza. Pensé que solo sentía felicidad, pero la tristeza era, por supuesto, un sentimiento que todos hemos experimentado alguna vez. Uno que yo experimenté, antes incluso que cualquier otro.

—Ay, Mila —dijo—. Me tienes que llevar de vuelta.

—¿Cómo lo hago? La abuela y el abuelo están muertos. Nuestra madre no está. No hay ningún sitio al que te pueda llevar.

—No —dijo, y apoyó la mano sobre mi corazón como el estetoscopio del doctor Cole—. Me tienes que llevar de vuelta a ti.

—Ah. ¿Cuándo?

Pronto no, esperé.

Quizá pudiéramos pasar unas cuantas noches juntas. No volvería a apartar la mirada. Podríamos bailar de ese modo otras noches. La granja estaba llena de fantasmas, así que seguro, segurísimo, que podía quedarse un poco más.

—Ahora —respondió—. Si estás lista.

—No lo estoy.

—Pero ya me has visto. He esperado mucho tiempo. Tienes que llevarme contigo.

—Y ¿qué pasa con los demás? —le pregunté—. Hay muchos que se han quedado aquí.

—Los abandonaron. A mí no me puedes dejar así. —Buscó mis ojos con los suyos—. Es bueno que lo entiendas —dijo.

—Ya lo sé.

—Entonces, ¿estás lista?

Recordé que, cuando Lee se había puesto a gritar, había estado acompañado. Había disfrutado del consuelo y de los cuidados de otras personas. Pero él no era más que un niño y yo era una adulta. Y ya no era la responsabilidad de nadie. Aun así, ojalá Liz estuviera allí para abrazarme. Ojalá Billy me ofreciera sus explicaciones y Julia enlazara el brazo con el mío y Terry me mostrara su amabilidad, una insistencia en la que me sentía como en casa.

Estaba sola. Estaba asustada.

Ojalá mi madre nunca hubiera trabajado en ese restaurante. Ojalá yo le hubiera bastado. Ojalá no hubieran renunciado nunca a mí y me hubiese pasado los meses siguientes a salvo, practicando al piano, echando de menos a mi madre, y no hubiera invertido todo mi dinero en la cabina de teléfono y no hubiesen muerto y no me hubieran abandonado para siempre. Pero tuvo lugar la pérdida de nueve pendientes. Pero tuvieron lugar las madrugadas junto al fuego. Pero tuvo lugar mi loca imprudencia, mi decisión desesperada.

—Te hará daño —me advirtió.

—No pasa nada —mentí—. Estoy lista.

Me agarró las manos y se acercó a mí, apoyó la frente en la mía, el pecho en el mío. Acababa de encontrarla. No estaba preparada para despedirme de ella. La noche era azul y gris y neblinosa. Fría y húmeda. Pero juntas éramos inteligentes. Éramos brillantes. El dolor me nació en el corazón y se propagó hacia el exterior.

Ninguno de nosotros debía vivir allí, ni siquiera Blake. Aunque seas el propietario, nadie puede vivir en una casa sin terminar. Además, todo el mundo sabía que Blake huía de algo, así que los demás se esfumaron y nos quedamos mi madre y yo solas, viendo a los bomberos trabajar y dar órdenes. Solas las dos, en la calle, mientras la colina ardía. Sola yo acariciándole el pelo cuando anunciaron la muerte de Blake y mi madre aulló hacia la luna como los lobos que eran ellos dos.

Mucha gente salió de su casa y alargó el cuello para observar. Los bomberos se afanaron deprisa y la policía interrogó a los mirones y oímos a desconocidos diciendo que nunca les hizo gracia lo que sucedía en la casa sin terminar. La gente que iba y venía. Oímos a uno decir algo acerca de una mujer y una niña, pero nadie sabía que éramos nosotras.

Seguimos observando aun cuando el fuego se había extinguido, después de que llegara el forense, hasta que el cuerpo de Blake lo cargaron dentro de una bolsa con cremallera en la parte trasera de una furgoneta médica. Y pronto hasta eso había desaparecido.

Lo que quedaba era el suelo ennegrecido y el olor tóxico a goma quemada y a cenizas en el aire. Y ella, y yo, y el sol que empezaba su ascenso en la lejanía.

Mi madre lloró y yo no. Se tapó la boca, quizá por el humo y quizá por el horror.

—Lo queríamos muchísimo —dijo—. Nos cuidó muy bien durante tanto tiempo, y ahora ya no está.

Pero Blake nunca fue bueno con nosotras. Yo nunca lo quise. La miré a los ojos en busca de la verdad. «¿Dónde estaba mi madre?». Noté el peso de otro engaño en el que había caído.

La noche siguiente dormimos en un albergue. Dos catres, uno al lado del otro, en una gran habitación llena de mujeres y chicas dormidas. Me desperté cuando ella me zarandeó el hombro en la oscuridad.

Era mi madre. Volvíamos a ser las dos. Años atrás, yo no había sido más que una mota de polvo, pero mi madre me había querido.

—¿Por qué no lo has salvado? —me preguntó.

—Nos he salvado a las dos —dije.

Se le demudó el rostro por el dolor, por la rabia.

Me agarró por los hombros, me clavó los dedos, me zarandeó con fuerza. Me besó en los labios. Y acto seguido desapareció.

Llegada la mañana, los moratones me cubrían los hombros.

Y nunca regresó a por mí.

Fue una electrocución, una destrucción.

Cerré los ojos. Apreté los dientes con fuerza. Pero ni siquiera eso sirvió de nada. Oí mis propios gritos, noté cómo me flaqueaban las rodillas.

—Todavía no —me indicó—. Aguanta. Tengo más cosas que enseñarte.

Pero ¿cómo iba a soportarlo?

Podría morir, pensé. *Podría dejar que me consumiera.*

Pero tenía mucho que perder, mucho que había terminado amando. Me rompía el corazón la mera idea de abandonarlos para siempre. Adiós, Lee. Adiós a las flores y a la hierba suave. Adiós al brazo de Julia enlazado con el mío. Adiós a la sinceridad de Terry, a sus dudas, a su pan caliente y a sus estentóreas carcajadas. Había tardado demasiado, supuse. No había actuado cuando tuve que actuar, y ahora había dejado pasar la oportunidad. Nunca sería una persona excelente. Pensé en Billy, que me enseñó a preparar mantequilla, que me hacía reír. En Liz, que cuidaba de mí, su cuerpo contra el mío en la bañera, su presión de algodón sobre mi corte.

No sé cómo, pero mis rodillas se afianzaron, aunque el dolor me recorría el cuerpo. Aunque temblara, aunque notara el sabor de la sangre en la boca, una fuerza desconocida se originó en mi interior. Por ellos, mi corazón seguía latiendo constante. Por ellos soportaría cualquier cosa.

«Cuando notes que te empieza a doler…».

—Estoy lista —le repetí a mi fantasma, y esa vez sí que estaba diciendo la verdad.

Uno…

Mi madre, cuando todavía vivíamos con la abuela y
el abuelo,
entraba de puntillas en nuestra habitación luego de trabajar,
me besaba en la frente.

dos…

El gato de mi abuelo, que me lamía la sal de la piel
y ronroneaba y se aovillaba, calentito,
para adormilarse en el recodo de mi brazo.

tres…

Mi clase de sexto de primaria.
Libros y virutas de lápices.
Qué alto llegaba a levantar la mano.

cuatro…

La leche caliente y especiada de la abuela para ayudarme a dormir.

cinco…

Las tardes bajo el sol, que bañaba el patio de atrás.
Palas y tierra y tiestos con helechos.

seis…

Los informativos de la noche. El viejo sofá a cuadros.

siete…

Cortar manzanas para una tarta.
Canela y mantequilla.

ocho…

Quedarme a dormir en casa de Hayley, hablar en susurros una vez apagadas las luces.

nueve…

El abuelo y yo, empujando el carrito del supermercado por los pasillos.

diez…

Sábanas suaves, mi madre cantando una nana.

I know I could
Always be good
To one
*Who'll watch over me**

* Nota del T.: «Sé que podría portarme siempre bien con la persona que cuide de mí», de la canción *Someone to Watch Over Me*, de Ella Fitzgerald.

Me elevaron de la hierba numerosas manos, que me colocaron encima de varios brazos extendidos. Alguien me transportó hasta mi cabaña. Alguien retiró las sábanas y me arropó. Un beso en la frente, una caricia en el pelo. Pasos silenciosos, murmullos delicados.

—¿Crees que estará lo bastante caliente?

—Voy a reavivar el fuego.

—¿Está bien?

—*Chist*. Déjala dormir.

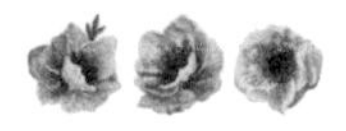

Había ido a vivir a un lugar encantado. A un lugar alejado. Un día, me desesperé con Blake porque se guardó mi móvil en el bolsillo. Pero cuando Nick me dijo que allí no había cobertura, dije que no pasaba nada.

Había ido a vivir lejos de los demás, en un lugar apartado del tiempo. En mi duermevela, sola en mi sigilosa cabaña, rememoré la voz de Blake. Quería recordarla. «Se llamaba Lorna. Murió el pasado mes de mayo». Y la de Terry también. «Espero que no te den miedo los fantasmas».

En la casa sin terminar de Blake, me lavaba el pelo debajo de un grifo. En la granja, me lavaba el cuerpo debajo del cielo. Era lo que me dijeron que hiciera, así que era lo que hacía.

Me giré en la cama y apoyé la cara en la almohada.

Mucho más tarde, vi luz.

Liz estaba encima de una silla para llegar al techo y tapaba el cielo con una tela. Julia, más abajo, le entregaba chinchetas. Oscuridad de nuevo.

Un vaso de agua junto a mis labios.

—Solo un sorbo y te dejamos dormir.

Dolor al tragar.

—¿Ha llegado el momento de las clases? —Mi voz era un susurro.

—No. Hoy toca descansar.

—Hoy toca descansar —repetí cuando se hubieron vuelto a marchar.

«No te encuentras bien», me había dicho Blake. «Ve a tumbarte».

Sueño profundo, sin pesadillas, la almohada suave contra mi mejilla.

Más tarde aún. Nada de luz detrás de las cortinas. La mano de Terry en mi hombro.

—¿Te puedes incorporar un poco, Mila?

Una rebanada de pan caliente. Un tazón de sopa.

—Bien. Bien.

Sábanas arropadas de nuevo, puerta cerrada de nuevo, sueño profundo y oscuro de nuevo.

El chirrido de la puerta, pasos ligeros. Un peso en mi cama, el aroma a hierba. «Lee». Un rápido y fuerte abrazo, y desapareció.

El viento entre las hojas de los eucaliptos. El viento entre la hierba.

Pero no. No había razón para dudar de ellos. Siempre habían sido amables, siempre habían demostrado que les importaba.

«Lo mejor de mi día ha sido conocer a Mila».

«Lo mejor del mío ha sido conocer a Mila».

«Gracias», les dije. «Soy muy afortunada».

«Las dos tenéis suerte de estar aquí conmigo», nos había dicho Blake.

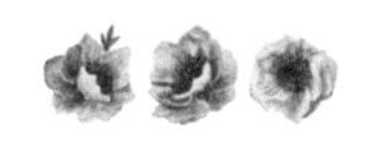

Me desperté a solas. El repiqueteo de la lluvia sobre el tejado de estaño. Tanto frío que me coloqué la sábana sobre los hombros al encaminarme hacia la estufa. Arrugué las hojas de papel de periódico y encendí la cerilla. Comprobé el pestillo como hacía siempre antes de salir de la choza.

En el baño, colgué la sábana en el gancho y me quité el pijama. Me quedé delante del espejo; esperaba verme moratones en los hombros donde mi madre me había clavado los dedos y me había zarandeado.

Pero mi piel no era más que mi piel. Sin señales de una honda congoja.

Me di una ducha y contemplé cómo ascendía el vapor.

Y entonces, al cabo de poco, después de haber regresado a mi cabaña, después de que la lluvia amainara y el sol hubiese salido, después de haberme vestido y peinado el pelo, abrí la puerta y los vi.

Liz y Billy. Terry y Julia. Lee. Todos ellos sostenían un ramo de flores. Todos ellos exhibían una clara tristeza en el rostro.

Me aferré al marco de la puerta.

¿Qué es esta sensación que me engulle por completo?

—Es pena —dijo Terry.

Y me eché a llorar.

Liz se me acercó. Billy me rodeó con los brazos. Lee me agarró la mano con la suya. Oí un sonido, amortiguado al principio, hasta que Billy y Liz me soltaron, y me percaté de que era Julia, que había tomado la palabra.

—Un regalo —dijo, y depositó una cajita sobre mi mano.

Ahí lo tenía, tal como lo había esperado. Pero vivía en un lugar encantado. Ahora comprendía la presencia de los fantasmas, pero ¿qué otras cosas iba a descubrir? Todavía había muchas maneras de acabar herida. ¿Cómo iba a saber qué camino era el correcto?

La cajita era de suave terciopelo. Encajaba a la perfección en mi mano. Pero el dolor de mi cuerpo, el rastro de la sangre… La ceniza y los engaños.

Pendientes de oro clavados en mis oídos.

Pulseras de oro que les bailaban en la muñeca.

—Adelante —me indicó Liz—. Ábrela.

Rasgué el lazo y levanté la tapa.

Ahí lo tenía.

Me encontraba en el umbral de la puerta. Dentro se alzaba mi cabaña, pequeña y cálida. Fuera estaban esperando ellos en una nueva y radiante mañana.

Enseguida, pensé, uno me colocaría el brazalete en la muñeca. Dirían que era una de los suyos, lo quisiera yo o no.

Pero se quedaron totalmente inmóviles. Nadie hizo amago de agarrar la pulsera. Nadie me tomó la muñeca. Me esperaban con flores en las manos. Y contemplé sus rostros, uno a uno.

Supe que casi los quería más de lo que llegaba a soportar.

—Mila —dijo Julia—. Póntelo si quieres. Solo si quieres. Este puede ser tu hogar para siempre si quieres que lo sea.

Agarré la cadena entre la punta de los dedos y la levanté hacia la luz. Todos los eslabones resplandecían bajo el sol. Habría quedado genial en la muñeca de cualquier persona. Habría sido preciosa, conmigo o sin mí. Pero era todo lo que quería porque yo elegía que fuese mía.

Agradecimientos

Gracias a Eleanor Lonardo de The Borrowed Garden y a Mel y Kyle Forrest Burns de Nye Ranch por instruirme acerca del cuidado de las flores y por darme la bienvenida a sus granjas hasta el punto de llegar a presenciar la belleza que cultivan.

Stephanie Perkins, gracias por compartir conmigo tu vasto conocimiento del *true crime*. Nuestras cadenas de mensajes y nuestros pódcast épicos fueron la manera perfecta de arrancar este proyecto.

Gracias a mi grupo de escritoras —Laura Joyce Davis, Teresa Miller y Carly Ann West— por vuestros consejos y vuestro apoyo a lo largo de tantísimos años.

Gracias a Amanda Krampf, Brandy Colbert, Jessica Jacobs y Nicole Kronzer por vuestras inestimables opiniones sobre mis borradores, y también por vuestra amistad.

Esta novela no sería lo mismo sin Elana K. Arnold, que ha hablado conmigo durante muchas épocas difíciles y me ha ayudado a encontrar una salida cuando la situación se complicaba, y también me ha dado ideas para algunos de los mejores momentos del libro.

Gracias a Sara Crowe, mi generosa y decidida amiga y agente. Soy muy afortunada por tenerte siempre a mi lado. Y gracias a todo el mundo de Pippin Properties, qué equipo tan increíble formáis.

Julie Strauss-Gabel, esta vez me has presionado mucho. No diré que haya sido fácil, pero no me habría gustado hacerlo de otro modo. Gracias por ayudarme a que este libro (y los demás) se haya convertido en la mejor versión posible y por la atención que prestas a cada paso del proceso. Gracias también a mi familia de Penguin al completo, a quienes aprecio tanto que no tengo palabras. Os estoy inmensamente agradecida por hacer que mis novelas sean tan bonitas por dentro y por fuera, y por conseguir que alcancen al mayor número de lectores posible.

Esta novela se ha publicado en medio de una pandemia global, algo que muchos jamás imaginamos vivir. Gracias a mi mujer Kristyn, mi ancla y mi amor. Gracias a mi hija Juliet por no dejar de jugar y reír conmigo, de abrazarme y de maravillarme. Mientras escribo estos agradecimientos, han pasado meses desde que vi por última vez al resto de mi familia y amigos en persona. Os echo muchísimo de menos. Espero que sepáis cuánto os quiero. Gracias a la familia que me tocó, a la familia que he formado al casarme y a mi familia de amigos por permitirme elegiros para estar en mi vida.

Escríbenos a

puck@edicionesurano.com

y cuéntanos tu opinión.

ESPAÑA /MundoPuck /Puck_Ed /Puck.Ed

LATINOAMÉRICA  /PuckLatam

/PuckEditorial

¡Gracias por vivir otra

PUCK